(

( )
小

(離)

( )
釵

林

慎

目　錄　　拈著篇

靜霧篇

夢囈篇

聽河篇

（拈）（著）（篇）

「萬里亙古，盡在那一拈頁一著眼。」

離敘小序

依照出版慣例，好像有序總比無序好。說的也是，揭頁翻書，熙來攘往，有序方能進出。同類道理似乎在書室內外亦然——至少他們是這樣說的。

在過往的論述書上，我各自寫了導讀，說明一點閱讀的方向，有助讀者理解內容。那自是理所當然的期望。後來，小說的編輯亦有類似提議。雖有思前與想後，我卻完全捨棄了小說的序。從不同媒介去到細節，甚至在小說中再詮釋出版社的角色，我比較希望做到在形式和內容上有一定的創新和連貫，讓讀者直接投入到小說的世界去。

那麼作為散文集，何以見得就要來一篇序？有序無序主序次序，好像在散文中不太關事，又好像默默定了一些軌道。作為半個語言哲學家，我想，單從書名已能略知一二。

聽離敍，字面上是為離散敍事，即散文。

講離敍，是真的，也是小的。悲觀時更應抱樂觀精神，偏執地相信散席有時，重聚有時。遠航後，千帆小。

讀離敍，須知有遙遠的出處可言。在我小說的後記中，語言及風俗學家林泊提及該書寫法上構成了一種融合獨特時空觀及記敍方式的文體。那正叫作離敍。

寫離敍，雖則記有大世界各國度之種種，但話一出口，字一離手，無法撤脫傅柯說的「先於我」之物。廣東話中，離敍不但跟離聚同音，亦呼應大時代環境中的深刻情緒。散文縱不是大理論，但或可提供一些進階閱讀思考的方向，包括名家的偉論與不才的拙作。

人生大小事，死去活來，活來又死去，無非由小離敍、小離聚、小離之序拼湊而成。

諾貝爾獎得主湯瑪斯·曼認為文人跟政治之別在藝術與文學之間。你或有慾有求，有事想尋求答案，有時間想消磨，有情緒想排解，才會執書閱讀。我在藝術理論中有問，假如盛世就是良方，為何我們會淪落至此？我想，此問亦適用於打正旗號去輕描和淡寫的散文集，充作一種浪漫的閱讀方向：

假若分離就是末日，為何你我會於此書相聚？

貓著

疫病衝擊全球，政治、經濟方面受到打擊，不管是天災還是人禍，大氣候都重新定義了「壞」，甚至延續頹勢至今。不少人失業、破產、入獄、去世，相比之下，相安無事或已是上佳。分享一些溫逸小事，沒甚麼章法，也沒甚麼感悟，只是小文章。

去年年中，發現住處附近一直有一隻小貓流連，跟鄰居談起，相信是流浪貓。牠沒有主人，在疫症和寒冬下，我很擔心牠會捱餓受苦。由一開始碰巧見面才給予小吃，到後來頻率變成隔天，再變成每天餵飼乾糧和換水，又在附近有頂的一隅為牠蓋了小床。小貓以前很是多疑，近來總算逐漸親近，無事便待在牀鋪，餵食時保持著距離，我回家時牠又偶爾在門前迎著。看牠活著且活潑，我便很高興了，牠駐留在此，但仍有來去的自由。過分空閒的腦袋又彷彿覺得這提示著些甚麼。我給牠起了名字

叫普尼（Polis），待讀者斟酌。

又有人問道《拙著》這系列文章的來由，便是舊文章「拙頁．著眼」中的一小句。寫時無意，之後卻很喜歡，索性用來作為散文系列的名字。「著」有多解，可解進行中，亦可解撰述。一直提及正著手寫續作，汲取了意見，繼續開拓寫作上的可能性。著著，著著，著到當前，就是因為學養不夠，單單薄薄。所謂的著手，不神祕，不涉及靈感和技巧，只是不斷讀書，而且是廣泛又不分學科地、饑餓地讀。聞說甘明思（Dominic Cummings）在牛津畢業後，入世前，也有過如此一段日子。

這裡本來應該是寫「讀過的」，後來好像不只如此了；構思續作又本應是寫未寫過的，但前事又怎樣完全撇脫呢？只好硬著頭皮繼續，「亦步亦趨」。香港俚語中有「醉貓」一說，指喝得昏醉的人。人遇上難關難題，有時就會貓著。

看到牠在草坪上小心翼翼，驟見林中之慎。我想，

歷劫後回望，人生寫照自是當時年少春衫薄。貓在花園，如春衫薄，似安靜停下來，細賞又有動態。

動筆，說到底是為了動人，抖開塵埃與韶華，方能安然動身。

過去一年勉強不到甚麼來，就此別過了，餵貓先。

兩年前，我坐在那張石椅上聽《雀斑》

坦白說，我不認為自己是 at17 的歌迷。在她們一群好友中，比較起來，我更喜愛林一峰。對 at17和盧凱彤的了解，一開始也是從偶爾上上電台的林一峰口中得知。電台節目和 CD 一樣，在我到外國留學後慢慢從我生命中唐突又不客氣地消失。後來，她們拆夥。後來後來，突然想知道她們過得怎樣，自此便有了三首隨身的歌曲：《你根本不是我的誰》、《你的完美有點難懂並不代表世界不能包容》，以及《雀斑》。

因此，我也不能說對她的離開感到很意外。你可以大致感受到她不是那種有無限正能量的人，相反，她比較沉默內向，自從有情緒困擾之後更甚，你可以聽到她的憂鬱，她與世界的衝突，嘗試透過理解去釋懷，不過她是感性的，衝突是殘酷的。你也可以聽到她曾經有一種在絕望中說服自己要堅強的

拈 著 篇

勇氣，走過迷霧中的小徑，她依然面對著那個纏繞她的東西，或許如哲學家卡繆所說：「只有一個真正重要的哲學問題，那就是自殺。」（There is only one really serious philosophical problem, and that is suicide.）

Le Parc de l'Observatoire 這個公園同時是巴黎天文台的所在地。從車站走上去，經過長長的斜坡，需時約二十分鐘。十七世紀，Meudon 男爵 Lorsque Servien 買了地，建了城牆堡壘，大部分卻在十八、十九世紀被焚毀。這裡是其中一個幾乎可以遠眺整個巴黎的地方，今時今日漫步其中，依然隱約可以看到舊時的痕跡。在草地走到平台盡處，朝下望是一個噴水池和小小的、工整的法式庭園。平台角落沒有樹蔭，腳下無草。兩年前，我坐在那張石椅上聽《雀斑》——一首關於過去留下獨特印記的歌曲。

今天，令人悲傷的是，歌者已逝，由「曾經的遺憾我不敢去想」到「也許有一天／我不再徬徨」，也許

根本沒有那一天，或者應該說，那是解脫後的事。
前年這時候我望著古都，念掛著得失，播了《雀斑》
兩小時。天文、遺址、遺憾，自古亦然；背包、
鞋履、襪子，早不知去向了。穿著的那一件 Yves
Saint Laurent 古董絨外套，衣袖也委託最好的裁縫，
即親愛的母親，改了八次，帶走了年青的衣不稱身
與另外的很多事物。我不想將一些意義強加在「離
世」上，畢竟死亡是私人的。至少對我來說，部分
記憶會被埋葬，另一部分則是永恆的，告誡著生命
有種種不可避免，之後會留下的，或濃或淡的印
記。

拈頁・著眼

原來上一次寫專欄已是二零一九年的事情了。日常的我們，我們的日常，無不正經內憂與外患。至於變的方向是好是壞，在泥濘中來不及看穿，只要看到，便看不開。大時代下，憂國憂民，已經是平常人心態。現在有閒暇閱讀些甚麼，是一種另類享樂，暫時逃脫現實。就算幾乎沒有時間，但不讀些甚麼，不充實些文化內涵，是無法繼續往前行的。

最近讀報，有書評人和議員談論不才的論著。原來在這人云亦云、隨便哀悼賜死的悲觀年代，還有些東西可以有機地舒展，滑到陌生人手中。至於讀者如何思判，如何變奏，倒不是作者應理會和隨便觸碰的。當然，就算想碰亦不一定就碰得到。

購買的紙張，閱讀的文理，會隨年月和感悟成為身體上的皺紋與血色，人不再是一副只會呼吸的虛浮肉身。

議員的「正閱讀」令我想起抽屜中的一篇同題文稿。料想他人可能早另有想法，跟讀者分享應該也不礙事了：

雖然也很想說自己正在讀某本以母語寫成，足以令人自豪的專論，一時間，卻不能在書架上找到甚麼華語犯罪學世界的一家之言。

還原基本，要回答正在讀甚麼，首先要解決「正在讀」是甚麼，於是便流順地落入語言哲學範疇。維根斯坦問，望君病在牀，焉有不懂之理？（"I know that a sick man is lying here? Nonsense! I am sitting at his bedside, I am looking attentively into his face. So I don't know, then, that there is a sick man lying here?"）* 專注喝水、流淚，便不正在讀，假如看見他執書忘餐，便根據這個客觀事實說「我知道他正在讀」，是未曾經深邃思考的。廣義上，這活動具時間延展性。只要開始讀一本書，何時再續，都「正在」讀。

「正」尚有正統不偏之意。公道、認受，正路也。

* 出自 Wittgenstein, L.,（1969）. On Certainty, 頁 3

拈 著 篇

套入香港日常口語習慣，「正」常解作美好的。「本書夠正」便是讚譽。因此，「正在讀」又可指廣泛事物之美好融會於閱讀之中。

究天人之際，通古今之變，萬里亙古，盡在那一抬頁一著眼。

話說回來，遍尋不獲，或有所示。也許又是時候鑽研學說，再續前著，開闢新學。

一些 Kenzo 的事兒

壞時代下，創立 Kenzo 的高田賢三先生在二零二零年離世，離開他成功的品牌事業。大概很多人都認識品牌，但不認識他本人，也說不出甚麼設計和哲學上的大道理大革命。縱然如此，這消息還是令人莫名地悲傷。至於這份莫名的情感，是無法言表，還是莫名其妙的傷春悲秋，人去樓空，倒也不重要了。

在時裝世界，說到直接交流，便是個人的穿著體驗。首次接觸 Kenzo 是小時候的事情。那時候香港還流行著 Esprit，很多人穿著那件印著簡單而頗大的品牌字樣衛衣往街上跑。跟不少其他品牌一樣，Kenzo 也有推出類似的衛衣。時至今日，依然推出，亦增添了一些新圖案：地球、大單眼、豹紋、花朵等等，不過都不及只有字樣的簡潔。那對香港悶熱的天氣來說是頗局促的，而愈來愈多人用奇異的品味配搭，似乎又更局促了。

之後到巴黎上學，週末時經常到市內的跳蚤市場閒逛。這是有趣但不怎有效的體驗。有時候收穫頗豐，有時候心得實得全無。可幸，在和暖的天氣下，陽光映照在舊物古玩之上，就是有一種目不暇給的感覺。就算那些只是有欠實用、破爛的舊手袋，或是學生時代買不起的幾百或上千歐元油畫，入秋時雙手摩擦取暖，離去時雙手空空，還是富足到心靈，屬無用之用。

買到第一件 Kenzo 便是在這樣的背景下發生。與其說買到，不如說是尋獲，就在一大堆舊衣物下，不值錢的堆塞其中。那是一件牛仔襯衫，是相當平實的淨色物品。口袋上仔細地縫有一個品牌小章，滿足了不大不小的虛榮心。襯衫是貼身的一種，很欺負腰間壯碩的用家，也不能當成「Overshirt」一般的外衣。同時又不能配上領帶，看來就是在長年較冷的法國，聊勝於無的內部基本衣物。

之後收藏過它的領帶和外套，都是比較 Kenzo 的設計。領帶是寬口的，顏色是黃灰相間，不論形狀和

色調都是五、六十年代的樣式，適合懷舊派對。穿戴得不多，但閒時把玩瀏覽，像在黃土公路跟好友漫無目的地驅車，也是愉悅。至於外套倒又街頭又高尚，布料正面看是牛仔布，摸上手或反過來，便是舒適的棉布質感。領口和袖口都用鮮豔顏色緄邊，衣服上縫上大大小小的品牌標誌章飾。在不乏大紅大紫的系列內，稍為挑剔選擇，還是有不少出彩但不譁眾的貨品。

一個設計師設計的衣服，承載了他的品味及世界觀。人生總會過去，穿著的人也總有天忘卻穿著之物，直至赤裸。穿衣換裝，記憶隨身，尋常人的悼念大概只能如此。

《小丑》（Joker）還是
《一個小丑》（A Joker）？

首部拿了影壇最佳電影獎的超級英雄電影、只因為金獅獎傳統而無法兼拿下最佳演員、美國因為劇情而設放映限制，這好像是那種不能不看的傳奇電影——然而現在電影行銷技倆好像已有被濫用的跡象，「史上最好」、「不能不看」不再是稀有。

原本以為那種被社會遺棄的感覺，應該是每個人一生或多或少會觸及的經驗。學校、工作、社交，不一而足。如果一部電影令人產生共鳴，便能夠在漆黑的環境內給人「原來有人跟我一樣」的慰撫。可若抱著這樣的（錯誤）期望，便會發現《小丑》並沒有提供這種感覺，離開電影院時也沒有太大感觸。或許同樣作為小丑電影，《蝙蝠俠：致命玩笑》（Batman: The Killing Joke）帶來的震撼大得多。

可能是不少人的共同觀影體驗：看完一部電影後，心中有不少情緒，卻無法說出個所以來。這篇文章大抵也是在差不多的狀態下寫成。沒有早點寫，錯過了一窩蜂的點擊，無非想給大家一些空間，也給自己一些空間，好好地整理些甚麼。（這麼看，悸動有限，但還是有的。）

這當然不代表這不是一部好電影。華堅・馮力士的演技實在棒極了，輕易地征服觀眾。不少鏡頭的藝術成分也很高，好像跳舞的場景和設計仔細的台詞。

或者這樣說，分析哲學裡，哲學問題的重點根本不是探究形而上的本質，而是如何把話說清楚。如果這電影不是《小丑》（Joker），而是《一個小丑》（A Joker），或許會是一部有趣得多的電影。有點奇怪，不過沉澱了兩個星期，還是覺得問題在於：主角是那個大名鼎鼎的小丑。

不管是否影迷，我們都知道很多有關他和蝙蝠俠之

間的事情。不同於影片內致敬的《的士司機》（Taxi Driver），小丑是一個已經有豐富背景的角色。漫畫的虛構性令電影難以配合現代講求的真實性，成為具「重量」的英雄電影，但至少不要太抽離現實。如果像這電影一樣，將漫畫內的人物主題抽空，問題就來了：好像就算換了另一個人物，這個故事還是可行的。這個人不必是小丑，可以是另一個悲劇角色，甚至可以是《的士司機2》。如今看來，挪用劇本套在他身上，卻沒有說好他作為一個漫畫角色的故事。原創角色便可以做到的事，無需要小丑出場（劇本其實也不是只有羅拔‧迪尼路才能出演）。由於華堅‧馮力士實在太耀眼，劇本、配角、整部電影好像都讓路了，產生一種「這人大可以不是小丑，但必須是馮力士」的奇怪情況。

林夕作詞道：「悲哀是真的／淚是假的」。雖說有以上評語，瑕不掩瑜，這部電影裡還是蘊含著很多動人的元素。我們在感受著一份真實的悲哀，而出色的演出不斷說服觀眾，即使再少共鳴，這種悲哀在那個虛構的宇宙是真實的存在。如果有瑕疵的

話，只是有些人不屬於那兒，也許這也是電影想傳
達的訊息，我們根本從來身處在不同的宇宙。

拈著篇

《小丑回魂》（It）：成長恐怖片

《小丑回魂》在 1999 年的改編舊作是一部頗令人失望的電影。如果十分粗略地將恐怖電影分為兩類，一種為著重橋段，另一種則著重心理恐懼，那麼 1999 年版的《小丑回魂》無疑屬於後者。可是電影處理得不太完善，觀眾看罷記得的可能就只有小鎮風貌、一個面目猙獰的小丑、陰暗（甚至未及陰森）的溝渠。

新版《小丑回魂》分為上下兩章，看了第一章的一半，大概就會猜到第二章會集中講成人。由一群知名度不算很高的小孩子演群戲，沒太大期望之下有不少驚喜。例如懷特・歐雷夫（Wyatt Oleff）飾演史丹利（Stanley），在擊退小丑後由「我討厭你。」一句到開懷地笑一幕，起承轉合頗流暢。反觀成人的群戲叫人失望，特別是大卡士占士・麥艾禾（James McAvoy）。由於劇本所限，期望他有像《思・裂》

（Split）裡的表現是不切實際的。還有旅館內的情節拖泥帶水、人物來去之間雜亂無章、無法解釋的「巧合碰上」和「不小心偷聽」的劇情、不斷更換感情對象的女主角……

看著角色們匆匆忙忙地跑來跑去，有時候不知道他們在忙著甚麼，最後又以莫名其妙的方式戰勝小丑。對，應該要明白這是戰勝恐懼的比喻，不過用吶喊方式還是不免讓人看得有點尷尬。另外，小胖子最後贏了美人歸是因為……變帥了？

客串的史蒂芬‧京（Stephen King）多次在劇本中自嘲自己的故事總帶著糟糕的結尾，看來一語成讖。傳聞中他的不少作品都在吸毒的情況下寫成，整件事就像長大的小孩不記得小鎮往事一樣。

總的來說，《小丑回魂》在第一章，其實已差不多說完了該說的故事。將小丑的來歷描寫得太清楚，不但畫蛇添足，更愈寫愈難自圓其說。畢竟把恐懼和誘惑設想成未知的事物是相當合理，將之扣連成

長的主題更見完整。有人說，片名章節安排暗示有第三章的可能，有關小丑的生平，譬如為甚麼會變成小丑、他女兒經歷了些甚麼，可能都會成為第三章的劇情。想了想，還是不太好。我們小時候第一天上學會害怕，好像不是因為學校的歷史吧。

童年玩伴大都忘記往事，長大後的史丹利生活不失精緻，接電話後卻自殺，反而耐人尋味。看者或有疑問，既然兒時戰勝過，為甚麼長大後反而畏懼？從來沒有甚麼，便不怕失去甚麼，就是人生不易，方會畏首畏尾。得來成就，失去免於恐懼的自由，是成長，是真正的恐怖片；是都市，也是許多人彌留的小鎮。當時我們恐懼但勇敢，現在不再了。

從《大隻佬》看地方輪迴

時值千禧年左右，香港電影市道慘淡，票房失利，「香港電影已死」一說不脛而走。然而，過了十數年，香港電影還未死。那些年的香港電影，帶有一種前途未卜的感覺。由《無間道》中梁朝偉、劉德華身份轉換，至第三集的《終極無間》中，他們再度轉換身份，到由《花樣年華》駛往《2046》那不變未來的列車，不談政治，卻是滿滿的前途寓言。今日重看這個重新包裝的佛學故事，希望能跟大家一起反思片刻。

《大隻佬》，可能是那段時間最耐人尋味的電影。故事講述劉德華飾演的深山和尚跟香港警察李鳳儀的一連串故事。為票房考慮，電影中設計了不少噱頭，有劉德華經特技化妝的大隻佬形象，也有打鬥、槍戰、鬧市追逐。當時還沒法想像，一個演員原來可以像張家輝在《激戰》中那樣地獄訓練成真

實的大隻佬。然而就算刪去嚛頭，大概也不會怎樣影響劇情。到底為甚麼和尚要還俗？為甚麼善良的李鳳儀註定要死？為甚麼後來會在山洞遇到另一個劉德華？答案是：

「日本兵不是李鳳儀，李鳳儀不是日本兵。只是日本兵殺了人，李鳳儀就要死，這是因果法則。」

到頭來探究的是因果法則，劉德華知道是公道的，但無法再做和尚。下世明明又是一個新人，卻要承受前世的業，還算公道嗎？「萬般帶不走，唯有業隨身。」了解李鳳儀後，他才感到善念至少可以改變下一世。前事總在鋪陳，後事總在光臨，當下還是可以改變的。執著於果報公道與否，是無法活出當下的善。

這是韋家輝繼《一個字頭的誕生》、《和平飯店》後另一個都市寓言。一個人的輪迴，跟一個地方的輪迴大概沒有兩樣。有些人，明明是善良的，沒犯甚麼大奸大惡，卻總要承受一些苦果。一個人作過

的事，或正或邪，誰又知道會否影響下一世的自己？往日不可追，但當下仍是可著力改變的。同理，就算往績光鮮亮麗，當下作惡，最後也是會影響自己。

社會學中有一個概念叫「自我認受性」（Self-legitimacy）。跟常見的公權力認受性相對，它也可以描述公民自身的認受性。或者跟所有人一樣，我們有著某種力量和某些知識，總認為自己是對的，就算作的分明是惡，也很難認錯。撒謊、撒賴、毆打、辱罵，到頭來，誰來受這結果？作惡的人明明知道果報就在前方那兒，還是作惡了。或許更多人都非大奸大惡，卻執迷不悟，無法接受，甚至選擇視若無睹，寧願沉迷某種廉價的情感。到頭來彷彿困在業報的大觀園內，彳亍而行，如酒醉者。

讀《酒徒》

以一本香港文學代表作來說，劉以鬯先生抨擊本港文化界生態，黑色幽默，與現實相映成趣。其中對香港社會的描寫、批判尤其非主流的生活，遺憾地，時至今日依然適用。手法上，劉以鬯先生的符號應用、分段描寫、文體結構轉換都令人印象深刻；而意識流風格彰顯了內容及形式的結合，對社會百態的描寫、批判乃至深層的關懷等等，皆非一般人能及。酒徒文人的自我心理窺探及行為和心理描寫，眾多內外元素彼此互有連繫，給實驗性及前衛的寫法賦予了獨特的意義，不可多得。致使半世紀後，依然「當代」，依然「香港」。

酒徒不滿現實，不滿荒唐，對文藝界及泛稱「文人」的反思，不落俗套，具前瞻性之外更具真理的特質。論者自可以推演，衣冠楚楚的，荒謬的，豈止文藝界，又豈止舊時？理想與銅臭的衝突是

永恆的；物慾、情慾亦是人生中不斷輪迴的享受與磨折。這些元素都是好素材，當中有些未在王家衛的電影中有足夠演繹是一種遺憾。訃文中常反以王家衛來介紹劉以鬯，無意為之，卻富苦樂參半（Bittersweet）的英式幽默。劉以鬯先生筆下的人物原型固然是有力又有張力的。任何人讀畢《酒徒》，相信都不會對改編電影的出色感到驚訝。縱然導演摒棄的比保留的多，縱然他們說香港人都不看書。

「凡是得道的人，都能在千年之前聽到葛許溫的『藍色狂想曲』。」其時前往中山陵，天蒼茫一片，一路幽深，想的也差不多。很多事，也差不多。有說書如紅酒，可惜人生太短，覺悟趕不上遺憾。不管你是六十年代輕吐煙圈的周慕雲，還是從二零四六回來告誡我們的先知，依然分享著同一份的悲愁。美好的事物，美好的人物，美好的時代，總讓人措手不及。

一些 Burberry Black Label 的事兒

之前有篇文章講述有關 Kenzo 的隨想。開玩笑說平時寫艱澀理論文章比較多，讀者應該頓感輕鬆自如。想不到真的收到回饋，叫我不如放棄理論，索性多寫消閒文章。寒窗苦讀多年，叫人不禁懷疑人生 …… 不過，年輕時在巴黎每週逛市集，逐漸培養了對古著與時裝的愛好，往口袋衣櫥添了不少談資。讓讀者和自己都可以在緊張的時代急流中，稍稍舒緩，倒是切合了時裝世界的美好和私利。

時下很多的品牌都喜歡在主線下多設幾條副線。Burberry 現已重整為單一品牌，而近代出現過了不少旁枝，隨著退場，但說無妨。除了端莊的「London」和行天橋的「Prorsum」（拉丁語，意為「前進」）」，也推出過年輕線「Brit」，運動線以及以創辦人命名的親民線「Thomas Burberry」。港人如若三十歲或以上，應該還會記得兩個名字，就

是黑牌「Black Label」和藍牌「Blue Label」。早年在沙田新城市廣場曾有過一間門市，除此之外，要遊日才有更多接觸機會。近年又因為日本三陽商會廠商方面跟 Burberry 的合約到期，之後日本一方便會用資源發展自己品牌，自然不能續用他人的標誌和經典樣式。到過易名的新店探個究竟，質素和款式都保持得不錯，改朝但不算換代，在恆變的香港是美事。

如果說定價的話，黑牌明顯比主線相宜。以一件經典的乾濕褸（Trench Coat）為例，黑牌的價錢大概是主線的一半，藍牌便更相宜。穿著體驗因人而異，個人覺得黑牌的質素遠勝於 Brit，而藍牌則與 Brit 相若。黑牌藍牌針對亞洲人市場，剪裁比較合身，所以藍牌可能比 Brit 更勝一籌也未可知。運動線是另一種東西，功能性、剪裁、樣式、材料各方面質素平均，如果只是追求運動裝上有品牌標誌的話，應該滿足。至於「Thomas Burberry」，則期望見到它的進步。

終極問題，是黑牌主線之爭。比較有時候是無謂的，孰好孰壞可以很主觀。（這不是說主觀不好，維根斯坦的可堪深邃思考性便關乎主觀主見。）拋磚引玉，「London」和「Prorsum」主線的用料及剪裁都是一流的。「London」為商務日常風格，「Prorsum」則較華貴。可是就算同一品牌，也會有不同貨品，同樣尺碼卻不盡適合相同體型的情況。我的幾件「London」襯衫很合身，西裝外套也是絕佳，可同系的乾濕褸卻是兩個碼之間，皆談不上合適。

可以改嗎？名店多有修衣服務，不只是簡單的衫長，還可整體微調或修補，好像 Dunhill 修衣服務以前還由本地老裁縫主理。（試過有款式剪裁恰當，但下擺較長，跟店員商量後還是不變勝萬變，不然便可試試其手藝。）不過當黑牌的亞洲剪裁貼身到難以言喻時，選擇便顯而易見。

另外，一般不太建議微調外套。外套不同西裝，後者必須修至最合身狀態方可滿意，前者卻多一點點

空間。時裝愛好者本身一定有相熟裁縫，或者家裡就有巧手。除非真的很有恆心，否則這丁點空間的修改，像快停下來的鐘擺，從一邊擺到另一邊，卻不一定換來好效果。

本來有機會觀賞巴黎時裝週，疫症便來襲了。衣裝不比恐懼隨身，亦不比自由的生命重要。每季都有新衣上架，不管秋冬或春夏，還是穿得得體、活得順好最重要。

拈　著　篇

淺談湯瑪斯・曼及非政治生活

湯瑪斯・曼（Thomas Mann），生於德國，1929 年諾貝爾文學獎得主，一生經歷兩次世界大戰。在今天的香港語或泛華語世界，大家未必聽過這個名字，然而在當時的歐洲，他可是一名炙手可熱的作家。在巴黎的舊書店接觸他的作品，硬皮面的一本《威尼斯之死》與其他一些故事的合集。當時翻了翻，感到有點興趣，便連同其他好些舊裝硬皮書一同帶回家。那個名字當然跟《威尼斯商人》有點相似，心裡馬上響起：「若你刀刺，難道我們不會流血？若你搔癢，難道我們不會笑？若你下毒，難道我們不會死？那麼若你錯怪我們，難道我們不會報仇？」（If you prick us do we not bleed? If you tickle us do we not laugh? If you poison us do we not die? And if you wrong us shall we not revenge? ）

他年輕時在辦公室工作，感到乏味，偷偷寫作，

令人聯想同期的愛因斯坦在專利局思考物理的日子，擁有副業充分顯示其人的志趣。不久之後，他出版了第一本小說《布登勃洛克家族》，就是這本著作為他贏得諾貝爾文學獎。雖然他一戰時支持戰爭，但二戰時則反對納粹「單純幼稚」的思想。他後來說「我在哪裡，哪裡就是德國」，便被師從錢穆的中國史學家余英時引用成「我在哪裡，哪裡就是中國」。因為美國五十年代日益盛行麥卡錫主義（McCarthyism），所以他又將隨之而行的德國帶到瑞士。以今日的標準看來，頗不同於「身土不二」的精神，卻是發生重大戰爭時的人們——尤其帶有技藝和資本的中產流徙的真實寫照，也是當時知識階層如愛因斯坦的類似遭遇。人在流離、反抗、本業中，身份角色也在經歷同樣的改變。不得不提，《威尼斯之死》中描繪的對同性美少年的愛也是一種反抗。

在一戰期間寫成的《一個非政治人物的反思》（Reflections of a Nonpolitical Man）中，他詳細地說明自己對民主、民族的想法：「在我看來，有證

據表明，『政治』有時候在事情上完全行不通；這變相是一種證明，事情也可以無『政治』地進行（It seems to me one has the proof in hand that at times things do not work at all with "politics"; and this in turn is a sort of proof that things can also work in the end without "politics".）……文人跟政治之別包括文化與文明之間、靈魂與社會之間、自由與投票權之間、藝術與文學之間。德國傳統是前者，不是後者。」

對湯瑪斯‧曼而言，「文人非政治」（Intellect is not politics）的主張，不是我們常聽的「我不談政治」，而是出於德國文化的傳統，他認為英法民主對德國不適用。某程度上，這也解釋了他對納粹黨透過文宣及民主投票迅速獲得支持的憂慮，也是源自這種想法。要了解他完整的「非政治」想法，似乎須透過他的其他一系列文學作品。關於他「非政治」的想法，卻要回歸他對民主的隱憂，以及相比實行民前，當地社會運行並依靠的價值及方式。這不可能簡單地應用於文化被摧毀再重造的國度（我們都會同意在那邊更常見的是湯瑪斯‧曼所指的「文

學」（Literature）而非「藝術」（Art）），也不一定可用於歷史較短而文化混合的香港，卻提供有趣的思考角度：政治跟生活當真／怎樣／應該密不可分？

（靜）（霧）（篇）

「只能從愈來愈遠的今天，愈來愈遠地倒行回去找。」

約翰·康斯特勃 ——
不曾離開家鄉的畫家

想說一下十九世紀初擅長風景畫的英格蘭畫家約翰·康斯特勃（John Constable）的故事。這個年代有廉航，遠行也不再是以前那種奢侈的玩樂。現代人未必想像到，以前很多家庭從未乘坐過飛機；而在數十年前，飛機跟歐洲豪華火車一樣，位置寬敞，裝潢華麗。尋常的孩子未到過高空探索，未到過太遠的地方遊歷，因其不是心甘情願，乃條件所限。可是如果有人不愛遠遊，亦深愛家鄉，結果可能也是一樣。

美國國家藝廊將他跟同期的另一位英格蘭畫家威廉·特納（William Turner）的遊歷習性作比較：「特納外遊頻繁，經常以文學或歷史典故融入其戲劇性的海貌與地貌當中。康斯特勃則從未離開英格蘭，偏好比較直接的和逸郊野景致描繪。」約翰·康斯特勃從未踏足毗連的蘇格蘭，更未到過歐洲其他地

方。令人不禁思考，人們追求的國際化、國際視野，未必就是成功的孤徑。對土地的熱愛、足夠的人文素養、充分的技藝發揮，也是可以本土原生的。

跟不少名畫家一樣，他的事業並非一帆風順。他的早、中年都未能售出很多畫，經濟上不算成功，卻以其學院習得加上個人志向，創出當時別開生面的清新、鄉土味濃的畫風。真正的名利雙收，要到他晚年時成為皇家美術學院會員，以及在巴黎的畫展中得到查理十世的金獎。

跟他的畫作結緣，要數到幾年前在劍橋的舊貨店。被擱在一邊的一堆舊畫當然不是真跡，卻是體面地配上金色雕刻畫框的印刷品。其時沒有特別留意到畫家是誰，好好打量了良久，他明明畫的是郊野，卻帶有一種家中的溫馨，感到舒適又寫意。那片藍白色、柔和似絲布的天空滲出如幻似真的光線，水車緩緩推動小河流水，也撩撥賞畫人們的活潑內心。舉眼望去，是一座矮小不宏偉的社區教堂，不奪目地鎮守在中央處。郊野中散落了小屋農舍，居

民樸靜地生活，一片寧和。

感到平平無奇之後，卻愈看愈出奇，覺得畫作很具閒情野趣，便買回去書院宿舍中慢慢端詳。房間中十多二十幅畫作，一些只能疊起來斜倚窗前。除非本身習畫，否則此舉在學生宿舍中應該算是另類創舉了。這幅畫高高地單獨掛在斗室牆上，每次工作累了，倒一杯威士忌，轉頭看，不譁眾不累人的色調，一片人為與自然互不喧鬧的好景致，在清晨內，在斜陽下，在燈火中，就這樣陪著擁有人度過炎夏冷冬，再渡河渡海，越洋回到遠方的家，高樓和海港，輝煌的頹唐的，有序的失靈的，過去的未來的……

靜霧篇

看天氣

最近似乎染上風寒。本來平平無奇，只因為在疫情期間，才添了一些不必要的憂慮。頭痛頸痛過了一段時間仍沒有停止，被迫做了一堆研究，發現是頸因性頭痛，得知有惡化的可能，便不敢怠慢，跟著可靠的資訊做物理治療，堅持做舒展運動，天天如是。高擱了最愛的威士忌收藏，滴酒不沾，同時嚴格控制使用電腦的時間，避免肩頸情況惡化。

那些痛症的原因存在已久，亦不算是突如其來，會殺了個措手不及，原因是另一種病——拖延症。

拖延不難，放著不理就是﹔著手也不難，寫兩筆就是，執著才難。長久以來都有一個小目標，希望三天寫一篇短文，打著這一年下來便成一本散文集的如意算盤，算是對讀者也好，對自己也好，一個不大不小的年度回饋。不過忙著四方八面的事，不了了之。

來換算一下，一年一個小企劃，一輩子就那幾十個，而幾十個年度目標當中有多少個會成功，足以自豪？托著重重的頭，真的不敢說。跟別人交代履歷，總數得出甚麼來。但別嘗試跟自己交代，免得跟自己過不去。

我想，痛症有時不是壞事，至少是身體變得更壞前的警告。病中胡思亂想，日子苦短，總要執著做點事，拾起舊衝勁，更不能說是壞事。身體不能拖，想在這短促的一生做些甚麼，更不能拖。

檢視一下，發現以往寫作太依賴靈感。有便寫，沒有便慢慢想，一拖，注意力就會被轉移開去。因為大的寫作計劃講求連貫，靈感來了，續著再續，所以基本上行得通。到這種須堅持一年半載的「關頭」，便如沒有死線，無法遵循。換過來倒也不行，徒放下靈感，換成執著，成為的是工兵，也不是甚麼妥當的好事。應當找個平衡，煥發生機。

執著之餘還要自律。承上文，是對自己也是對讀者

的承諾。即使體弱，說了的事還是要做。堅持，在這年頭好像又名偏執狂，是一種病。得了此病，會信誓旦旦地簽下許多空頭支票，還要看天氣；又，努力未必有回報，甚至有沉重負擔。我不是希望說著自己很努力，成功爭取甚麼的，而是卑微地希望別人看到有人在努力，便也受到一點同行者的鼓舞，然後努力做比我正在做的、更重要的事。

說了這麼多，每三天一篇短文，看情況重編或新撰，就是我的計劃。會繼續說些文化事，偶爾帶一點社會性，但不一定；偶爾新奇刺激，但不要期待。我也會寫一些閱讀心得和分享一些以往在劍橋、北美、港大的趣事和往事。或許只有忠實讀者才有興趣，那些理論研究亦只有漫漫長夜後的撿石者才得物有所用，但我也會沒頭沒腦地繼續寫。

結束未必是壞的，它只是重新開始前的必要步驟；壞的也是好的，它是成長的一部分；刻下肯定的，是長時間對住熒幕對身體不好。容後繼續。

人類程式

科幻電影中經常出現人與機器合成的新人類。由於身體出現毛病，每天做上不少康復運動，發現原來我們的身體也有著相當類似的機制。雖然那是微不足道的小發現，用不著大費篇幅，卻也不禁思考人的血肉到底是甚麼，匯聚之總和又跟程式有甚麼分別。

現在的工作是以寫字為主，十年前大概無法想像。當時剛從物理學系畢業，成為一名電腦程式員，替大型機構編寫資料庫的程式碼。寫字對我來說不是自然而然的，相比起來，邏輯得心應手，不同的電腦程式語言，順手拈來，腦袋像齒輪自然運轉。確實有點兒小天分，就如有人天生會游泳，有人天生擅長下棋一樣。

在電腦界打滾的日子不長，收穫卻不少。其中一點

就是了解到電腦內的模擬世界,很多東西都是黑白因果分明的。某段程式碼若然出現錯誤,就是內部邏輯出現問題,可能是語法有誤、系統容量不足(有時是程式寫得欠佳之過)、If / For 等條件式產生矛盾結果等等。解決問題,方能良好運作。

可否嘗試把身體上的痛症,視為一種錯誤訊息呢?現代人長期使用電腦及不同的智能裝置,致使眼部、肩頸、背部容易不適,久而久之便成疾病,也是身體給我們的警號。我們的眼睛本來應該四處張望,腰板應該挺直,不應低頭,生活卻把我們推往另一端。那是對身體不好的,我們卻持續在做。之後稍有不妥,到不能動彈,也只能怪自己沒有挺身,沒有照顧好基本需要。

長此下去,積勞成疾。這裡的「勞」,有不自願的部分,也有心甘情願雙手奉上的部分。

要認錯,要更生,困難重重,通常不到痛得要命都不會著手解決。雙手放在胸前,頭部往天花板望

去，抬首望一片藍天陽光，保持一會，直到肌肉舒展開。接著維持姿勢，頭往右傾，再往左傾，舒緩頸部左右的不適。嚴重時，拉扯頸部會感到快要撕裂的疼痛，要量力而為。多做幾次，不但頸部舒服了，由於頸部神經會影響頭部其他位置，頭痛也減少了。就好像出現錯誤後，輸入正確的程式碼，問題迎刃而解。誰說機器愈來愈像人？人本身也像機器。

說遠點，常聽到人工智能無法複製人性，因而不能取代人類。假如人性也是有其模樣，遇難不忍不相救，單純同情弱小貧苦，對鄰里熟客特別照顧……那充其量只是我們體內的一種程序，並不罕有。如是者，人情味逐漸消失，習非成是，也是積勞成疾，可以尤人，不可怨天。

痛症過後，逐漸學會掌控身體。以前以為跑得快，叫得響亮，便是支配人生的佐證。誰知真正的掌控自如，是於海洋翻波時處變不驚，一步步找尋根源，對症下藥。慎坐慎行，如履薄冰，找尋自己獨有的安然節奏和信仰定理，照顧好這一台身體。

《007：生死有時》：期待篇

日前多個外媒指出《007：生死有時》（No Time to Die）將是丹尼爾·基克（Daniel Craig）最後一次飾演占士邦（James Bond）。距離上一部《鬼影帝國》（Spectre）上映已經四年了，而丹尼爾對這經典角色的厭倦明顯未有消退的跡象。縱然飾演英國皇牌特務是不少演員的夢想，一個記憶力稍好的人都會記得丹尼爾曾多次公開表達消極的從演感受，包括名句「寧願砍掉手腕也不願再接下占士邦一角」，當被問及下一任占士邦時答道：「I don't give a fuck.」

系列支持者只能一邊同意十多年來被同一角色定型的確是負擔（觀眾還說得出他演過的其他成功角色嗎？），一邊無奈地不捨。也感覺片商好像一直為下一任黑人或女性龐德試水溫，嗯……（上映後馬上改觀，某程度上該非裔演員挽救了電影中的女角水平，見〈女角篇〉）這種消極感，當然也可以理解為龐德的標記：冷峻、故我、自信。讓我們

一起回顧一下他在二零一五年電影公映前接受的訪問：

雜誌《The Red Bulletin》：「我們從占士邦身上可以學到甚麼幫助每日生活的事嗎？」

丹尼爾（想了一會）：「沒有。不如不要把這些電影說成某些改變人生的經驗。占士邦就是會做占士邦會做的事。占士邦很專注。他率性而行。那很簡單，是好事。」

丹尼爾版的龐德由《智破皇家賭場》（Casino Royale）眼前一亮，到《量子殺機》（Quantum of Solace）悵然若失，到《智破天凶城》（Skyfall）創造經典，再到《鬼影帝國》明顯見疲態，如果系列結束在《智破天凶城》倒還好，萬一《鬼影帝國》是最後一套丹尼爾出演占士邦的電影，真的會令人十分失望。《鬼影帝國》中劇情、演員、服裝都完全崩壞。《智破天凶城》中各種百看不厭、恰到好處的 Tom Ford 西裝、海軍絨褸（Peacoat）和獵裝

（Hunting Jacket），換成了喪禮上那長得可怕的臃腫外套。還有那種神祕基地遙距控制地球的六十年代諜戰片鋪排，以及一改寫實風格，主角一人摧毀一隊軍隊的劇情，都令人相當吃不消。

說了這麼多，到電影上映之時影迷還是會乖乖買票。只希望這系列不要重蹈覆轍，可以好好地結尾，給支持者一個美好的回憶吧。

P.S. 抑或單純地希望首四部「好－壞－好－壞」之後，第五部就會好起來？

《007：生死有時》：女角篇

《No Time to Die》在香港被精緻地譯作《007： 生死有時》。甚麼叫生死有時？大概就是萬物自有宿命，無法掙脫的意思。因疫情而再三延期上映、事先張揚的最終回、非裔人種首任 007，都使觀眾在入場前就有了心理準備，或許不管在 007 系列內還是今部故事中，都是跟丹尼爾‧基克告別的時候了。

開場的雪景鏡頭，已經足夠震懾眼球，那些孤伶伶的畫面，很好地連接主題和懸疑故事線──即使那其實稱不上甚麼伏線。把故事說下去，便知今次不會再有新的女主角，而是延續前作。說到女角，老實說，拉沙娜‧連治（Lashana Lynch）第一眼看來外型不算討喜。這不關乎黑人平權的社會大潮流，而是生硬地加上相關元素會令故事產生問題。這種位置和預期下，如果演得不夠好，便更容易被 007

比下去，變成為加而加的元素。

帶著這想法進戲院，卻看到她演得相當有自信，我甚至認為她的演出比女主角蕾雅‧絲瑞（Léa Seydoux）更具說服力。她身體有強健感，在中段穿起橙棕色的套裝亦兼有現代女性感，是難以想像地好看，反而民族服飾方面是選得有點強差人意。可惜她的出場在電影後半太容易被隱去，最後淪為配角。觀眾理應有心理準備，007只是一個代號，甚至一種精神，把007象徵式地交給首個黑人演員又收回去，是不必的。

相比下，另一黑人演員娜奧美‧夏莉絲（Naomie Harris）明明在《智破天凶城》開場便有靈動的演出，在越野車追逐時開玩笑到誤殺007，帶出007的疲態及退隱的消息，相當關鍵。今集基本上卻只剩下她跟Q與007三人的戲份有點看頭（細想下那段Q家的情節跟本片其他很多情節一樣，也不是必要的），也是可惜。而早在預告片中便可見與007並肩作戰的安娜‧迪艾瑪絲（Ana de Armas），

戲份也是不多亦不重要，卻演得頗自在和調皮，我很希望看到她跟拉沙娜·連治、娜奧美·夏莉絲會有更多發揮。不過，重啟後還有沒有機會也是說不定。

反觀蕾雅·絲端，在電影中有童年陰影、要撫育幼兒、面對前所未見的敵人、逃離基地、重見並永別 007，這麼多足以發揮的戲份，到頭來卻無甚亮眼點，演出愈見公式化之餘，也是傳統的女性弱者形象。她未能找到人物重心，哭戲有點千篇一律，無法分清她的動機與傷心的原因，很難打動人心。至少在電影院中她的大哭大鬧都沒令太多觀眾有所反應。如果可以將她的戲份濃縮，好好處理剩下的重要場口，同時讓其他角色在重啟前有更多發揮、更多鋪排，可能效果會更佳。是否因為這是最後一部，所以想多向觀眾交代蕾雅·瑟杜的故事？則見人見智。畢竟她如無意外會與 007 系列說再見了，其他角色倒是初登場又有發揮空間。當然，根據結果來評說是不公平的，在主要為觀眾服務的劇本中，她當然也有其角色限制。

《007：生死有時》：故事篇

今集導演是福永丞次，過往在《刑警雙雄》（True Detective）中有過亮眼的表現，令人十分期待在類型不算相差太遠的特務片中，可以有何發揮，能否融合個人風格，又能展現出與森文迪斯（Sam Mendes）版同一層次的精彩演繹。第一場冰天雪地的畫面，確會勾起一點《智破天凶城》中蘇格蘭山區的感覺，卻不盡然。森文迪斯的取景跟 007 的身世、孤寂的童年、拋下日久的身份有關，亦跟 007 作為英國特務（他口中的「Pathetic love of the country」跟現實政治裡英、蘇若即若離的關係）有呼應和連結。冰天雪地是漂亮的，但深入看進去，卻沒甚麼重大意義。

緊接的重要取景地點是意大利馬泰拉（Matera）古城，同時以節日來說明故事的主題與過去有關。沒錯，那種連結也是頗淺白的，而逝去的意味也沒有多停留在劇本內。007 的年華沒有逝去，他的體能

和靈活度都還在巔峰，退休後復出依然是那百發百中的優秀特務，只是身份暫被轉移到別人身上了。事實上換個城市，換個比喻，或索性整場抽起，對主線的影響也是不大。

丹尼・波爾（Danny Boyle）與劇組的意見分歧和離席，無疑在成品中看得出來。* 尤其後段，確實組織欠佳，人物們在基地內走來又走去，用以威脅007 的小女孩又無端地被輕易放走。觀影後幾天讀到的訪問亦指出，今次開拍前只有故事大綱，而沒有完整劇本。於是也不會驚訝，很多時候會覺得每個鏡頭都拍得很不錯，故事主線也是清晰的，只是整體有零散感。

當然，雖說花多點時間剪輯，效果應該會更好，我們也不能誤以為在疫情影響下，工作人員就可以無限延長剪輯過程。

---

* 他在接受 Esquire 訪問時說：「他們（製片人）要求你有新意，但又別去顛覆經典，而我們想做些與以往不同的事。出奇地，如今看來，它會很對應當下——故事舞台是俄羅斯，而 007 的角色啟發自美蘇冷戰；發生在現今俄羅斯的故事，回歸到 007 的起源。」

那麼是否代表這不是一套好電影？不是的。這部電影明顯帶有取悅觀眾，完滿結束系列的意思。這沒有不好。基本上完全沒有冷場，觀眾可能不會感到時間流逝。這一點跟不少人看完同期的《沙丘瀚戰》（Dune）後分享自己進場睡了一覺有極強烈的對比。特技、服飾、場景本身，只要不去深入考究，就是目不暇給的感官盛宴。

我看也無需刻意扯進現代英雄電影是否脫離了電影本質，追求嘉年華體驗的辯論當中。這電影就是適合在電影院體驗，而在家中觀看會大打折扣的那種。這不代表它純屬嘉年華，因為它也不算是只有刺激的體驗，而是有在過往四部系列電影的基調上，刻意地調整，讓觀眾一同享受過程和結尾。或許這不是最偉大的電影，不過有充分尊重觀影者及長期支持者，這一點應是無異議的。由衷地展望下一次重啟時，掌舵人芭芭拉·布洛柯里團隊可以在公司賣盤後，也給下一代007找一個合乎時代及理性的新定位。人們可能看夠了現實冷峻的丹尼爾版007，不過千萬不要回到滑稽得令人尷尬的年代去。

慈善・共濟

這幾年可能是讀最多書籍文獻的時期，確是因利乘便。最近讀到張愛玲女士。向來很喜歡她在《傾城之戀》的妙筆 —— 大城若傾，只為成就一段戀情。順藤摸瓜，發現原來前輩馮睎乾先生整理過她的文稿，於是又讀到了他舊時的網誌，令人目不暇給。其中一篇提及去巴黎旅行，並到了當地共濟會分部遊訪。

也許我不是在一個最恰當的位置去說有關這團體的事，而且也沒有太多能力這樣做。雖然如此，還是希望大家可以用一個比較現代和開放的眼光，去看待和嘗試接受一些以往未必接受的事物。這態度應該也適用在其他地方的。

初次留意到及鑽研這些會社，其實也是因為哲學研究。現代分析哲學的興起很大程度上跟劍橋學派有關，其中一個重心人物就是我常談到的維根斯坦。

他的學問有震蕩人心的感覺,我亦由衷地佩服這位出色的劍橋大學前輩,由他的專論讀到傳記去。他受到邀請加入一個頗封閉的團體「劍橋使徒」,成員多是友好又聰慧的知識分子,喜社交與辯論。這種團體在劍橋頗盛行,不少都要有成員推薦,可靠、有趣或有過人才德,方可進入另一端的那個世界。

後來在不著邊際地閱讀時,發現劍橋又有另一個團體跟著名學家有關,便是以物理學及數學家命名,於一八六一年成立的艾碩‧牛頓大學支部(Isaac Newton University Lodge)。那是共濟會英國總會(United Grand Lodge of England)繼牛津後第二個成立的同類支部,也是劍橋幾個支部中的其中一個。

很多人都忽略了,讀大學除了進修,還應靈修,成為對社會有益的血肉之軀。有緣認識了相關人士之後,被邀請碰面,進一步去了解彼此。劍橋大學是書院制的,學生被歸到不同的書院去,在那裡度過大半的大學生活。我的書院建築群環抱著一塊保養

得相當好的草坪，頗煩擾的市面被隔在樸靜環境
外。微風輕吹，樹蔭不多也不少地搖曳。從遠處會
見到綠海的水平線上，兩人坐在一張木椅，不拘禮
節地對話。

「你有信仰嗎？」

「我自從讀物理便開始思考這問題。」

「但我記得，你提過你現在在法律學院？」

「你說的沒錯，請容許我解釋。我一直對『本質』
很感興趣。愛因斯坦說上帝不會擲骰子。他反對當
時量子力學的見解，可是這也反映了很多科學家都
相信有神。了解過物理世界的基本運作之後，也想
去了解一下人類社會的本質⋯⋯」

「那你本人？」

「雖然有時候是迷信的、不科學的，可是整體來說

很多信仰是導人向善的。我說不出那是甚麼，是耶穌還是佛祖？一個概念？一個人？一份愛？不能準確地回答，真的很抱歉。不過，我的確相信有那麼一個存在，在浩瀚的蒼穹中掌握著真理。」

「很好。讓我介紹一下共濟會，我相信你會感興趣。它是一個兄弟會，在自由世界中都有分部。我們的會員有需要的話，可以輕易地找到當地的兄弟們。你經常居住在歐洲，也有時候在亞洲。你願意的話我們之後可以討論更多。我們也是英國龐大的慈善團體之一，每年會舉辦不同籌款活動，去年我們捐出了約五千萬英鎊——這只是英國內的數字，未計國際地區。

幫助有需要的人，也成為一個比之前更好的人，都是我們的宗旨。不但是在經濟上提供協助，還要付出時間去參與儀式和道德課堂。我們很多人都去做義工，關心社區，也關心弱勢社群、殘疾人士、退伍軍人等等。謹記，這不是跟別人比較，不是要將別人比下去，或者進行任何競賽。我們比較的對象

是以往的自己，修行成更好的人。」

綠茵茵的工整草坪，外面就是人群。出世，入世，再出世，除非心盲，否則一動惻隱，便不再不入世。要成為更好的人逐漸成為宗旨，也成為了生活的一部分，有在努力保持不崩壞，沒有自信可做到，但仍持續修行。如果天空上確有造物之靈，希望會眷顧義人，和衷共濟，凡人見慈眉善目，方才生心，繼而生相。

墳場與蒙帕納斯

生老病死，成住壞空，是必經的過程。怎樣看待，如何承受，卻是因念而異的。在外地旅遊，有時會路過墳場。有些墳場甚至是旅遊景點，跟香港的風俗比較，在外地，墳場似乎不但非不祥之地，更是安隱的休憩處。有時會見到有人在墳場內坐在一旁看一下午的書、看一天變幻的風景，或者吃幾口三文治。望墳景的物業也跟其他的沒有兩樣。這些都跟香港不太像，彼此認知各有不同。由於市區環境擁擠，香港的教堂有不少都處於一個單位內。空間所限，要像外國城市般在教堂旁邊設置一個小墳地，也是不現實的，看來還牽涉到靈位供求的問題。可能就因此拉遠了我們平日跟死亡的距離。

巴黎有一著名景點蒙帕納斯公墓（Cimetière du Montparnasse）。蒙帕納斯本身是交通樞紐，連接著巴黎市內的地下鐵與周邊的城郊。有一段時間，我

居住的地方出入都會經過那裡，因此也會偶爾在附近走走。如果想拍到包括鐵塔的巴黎全貌，蒙帕納斯大樓是絕佳拍攝點。蒙帕納斯有一個大型超級市場，佔地兩層，沒甚麼特別，只是很好逛；車站旁邊就有老佛爺百貨（Galeries Lafayette），售賣著侈品、化妝品、高級生活用品，是巴黎三家同系百貨之一。可惜它於二零一九年關閉了，料想也是因為疫情，於是便找了這個「妥當」的原因關閉人流不足的分店──可是「人流不足」反而是不少人喜歡它的原因。

說回當地墳場。走到裡面，除了會見到零丁的大樓，景致感覺頗開揚。在微黃的天色下，黃昏點亮路燈，彷彿置身在油畫中的世界。不少著名人物葬於這片土地下，包括曾拒絕諾貝爾獎的哲學家沙特（Jean-Paul Sartre）、另一位出色作家西蒙・德・波娃（Simone de Beauvoir；也是前者的親密伴侶）、詩人夏爾・波特萊爾（Charles Baudelaire）。各種分屬法國甚至歐洲乃至全球的詩意，有多少長埋在市中心，給閒人來多愁善感和如拾至寶。

墳場現在看來並不特別幽深，倒是幽靜。有空的話在旁邊的咖啡廳坐下，觀察墓地。近看參差粗糙，遠看連綿平緩的無門長牆，兩旁馬路悄悄地往下傾斜。時命驟融，官能新生，聆聽我們的時間道和陰陽橋軌，如球隨放，慢慢滾到另一邊去。

文化士紳‧士紳文化

紳士在法語中叫「Gentilhomme」，基本上已經淡出日常詞彙，不太像英語語境中的「紳士」，現今仍被頻繁使用，指有禮、有教養及風度。而學術上另有「士紳化」一詞，即英語中的「Gentrification」，所指的則是優越群體進駐低收入地區，打著活化的旗號，卻又衍生出犯罪及推高生活成本等問題，並不完全正面。其詞根「Gentry」語源上亦同樣來自法語「Gentil」，後者現時在日常使用中指人友好，語源上則有出身高貴望族，有學識涵養的意思。

士紳在華語中亦有不同的含義。在清末，千年科舉制度搖搖欲墜直到最後墜下。士紳作為一個於社會禮數傳統上被廣泛認受及尊重的階層，對清朝的覆亡產生過重大的影響。地方與海外士紳，不論在論述層面，還是維持微觀鄉市秩序上，都有其角色。至於政治人物是否多會採用書生論證，就是另一論題了。

我特別借用了士紳這組詞在法國大革命及清末時期的歷史含意，在思想體系中提出了「文化士紳」一說，是為勇於提出跟社會主流不一的主張，挑戰並完善固有秩序的人士，所以自然不是「士紳化」的意思。

常說現在是困難的年代。實際上，不管身在甚麼年代，有意義的事情總是有點難達成的。哲學家維根斯坦寫好第一本著作，屢次想出版但不果，後來在他的導師——時至現在仍鼎鼎大名的劍橋教授羅素的大力推薦下，才得以出版。因為出版社一方擔心內容艱澀而且太新穎，銷量不佳，所以維根斯坦還要簽下版稅微薄的合約，大作才得以見天日，寫下哲學史當中重要的一頁。

這本書本來就是散文集，雖不能妄言是為了提升我們的文化水平，但應當開宗明義又謙卑地表達點人文志願。我不希望徒添重量，增加不必要的負擔，卻希望讀者放下兩、三杯咖啡的價錢，可以帶走一點志趣和養分，不至於血本無歸。

於某個悠揚時分，總有靈魂在優雅地花時間讀著、寫著、鋪陳；在任何刮著風雪的國度，總有不理滿臉霜砂，穿著禮服砥礪前行的趕路人。真正的文化士紳，在悠閒和生死之間，慎言盡言，可昭日月，自然會誕出非學舌、不浮濫、雅正留芳的士紳文化。

寫作實戰談：Montblanc、Hugo Boss 和 Moleskine 筆記簿

近年寫作的範圍漸廣，生了用幾本筆記簿分工應對的習慣，於是便開始挑選適合的筆記簿。太大的不方便攜帶，太小的不方便記錄。太厚的太重，太薄的不夠寫。更糟糕的是，不少品牌的產品造工粗糙，看著便很不滿意，一走神，靈感也流走了。

最後篩選到幾個品牌，感覺在造工及實用方面都是不錯的。沒收取分文，以下純屬分享。（有贊助的話當然是歡迎的。）當中瞄準高端市場的是 Montblanc 的筆記簿，大小尺寸、皮套料、品牌設計都恰如其分，沒有甚麼好挑剔的。本來便有一枝它的鋼珠筆和一個真皮智能電話套，用起來手感極佳，體驗滿分，想一想，湊成一套也是美事。它也有完善的分店網絡，方便替換零件。缺點只是價錢確實有點高。若果一般用家只買一本倒沒所謂，但

一個作家隨時一次買十本以備不時之需，動輒幾千元，銀碼足夠買入門級的筆記型電腦了。

另一個品牌是 Hugo Boss。Hugo Boss 的男裝固然相當優秀，說起才發現我已是熟客了。除了它的「Red Label」天生不合我身之外，收藏的西裝外套、運動服、領帶、棉衣褲都令人滿意。（亦見〈一些針織領帶的事兒〉。）它推出的筆記簿，A5 大小，二百多港元，算是價錢合理。設計上也是簡潔美觀，唯一可以吹毛求疵的，就是不論固定用的橡筋繩還是字樣都略顯單薄。那是強迫症發作的評語了。整體上相較市面其他產品，還是十分美觀別緻。特別喜歡淺灰色款，線條流暢又大方。如果你是 Hugo Boss Experience 會員，可能還會收到其他款式的贈品筆記簿，跟發售的有不少區別。

至於 Moleskine，現在已經是一種筆記簿樣式的代名詞了。官方說是「可靠的袖珍旅遊伴侶」。即使不是真皮，仿皮質的外套仍給予穩重、正式的感覺；橡皮筋使內頁不會在反覆使用後隨意地張開，

也可以間中在內頁夾上一些小便條 ； 分頁用的小繩子方便間隔 ； 報失用的空白欄有最基本和清晰的資料——聯絡資料及報酬 ； 內頁可挑選點、橫線或空白款式，悉隨尊便 ； 最後封底還有一個半信封狀的儲物處，內裡放了一本以多種語言寫成的簡介，說起兩世紀以來梵高、畢卡索、海明威都是用家。「Moleskine」這名稱現今是註冊商標，在來源地法國則是日常通用詞。

因為有時寫作除了記下想法，還會畫下概念圖，不想被格式限制思維，所以偏好空白頁款 ； 為了方便帶來帶去，在室內室外沙發上沙灘上都能稱心自如，十四乘九公分是合適的尺寸 ； 硬皮的缺點是放口袋時使褲管起皺，相對就略顯厚重了 ； 至於顏色，是黑色與深綠色之爭，掙扎一會，還是黑色比較經典。適逢有優惠，一口氣買下十本，延續人文歷史。

一些學院風領帶的事兒

這文章寫的是略為小眾的喜好，純粹是一些個人想分享的小美學、小經驗，不用太過嚴肅看待。假如你從小在法國或者加拿大成長，有可能從未穿過校服。以上對香港人來說可能匪夷所思，畢竟打領帶對於香港的男孩子來說是平常不過的事。此乃承襲自英國。長大後，上班、出席各種場合，打領帶，人看來醒目，不失體面。打學院領帶有其學問和個人偏好，縱然小眾，仍值得寫一寫，分享門另一邊的見聞。

學院風領帶是近年頗流行的，常說的「College Style」或者「Preppy Style」，模仿上流、富裕階層。現在普及了，大家都可以買到，是 Ralph Lauren、Gant、Tommy Hilfiger、Hackett 等不少品牌的貨架上必有的款式。穩重者多選擇深色，款式偶爾有灰、白或其他色，配以紅、黃等等鮮豔斜間條，以

及在間條中間有序排列的小徽章，斯文優雅。如果你本身來自劍橋、牛津，學校本身有領帶，而且加起來足足七十個書院，各有專屬的顏色和徽章配飾出售。跟其他書院的朋友交換心愛樣式作為紀念，或者出席活動時相贈，藉此在未來勾起愉快回憶，也未嘗不可。此外，不少團體和會社亦會售賣自己獨有的學院風領帶，有紀念價值之餘還會在扣除成本後用作慈善。

本地不少中學的學校領帶都是深綠或深藍為主，舊生會也會出售成人尺寸的紀念領帶。這些獨特的時裝配件，具歸屬感，也很好看。若陳年領帶太短，配搭開領的毛衣或者背心穿著，則更有層次，價錢比名牌相宜，也更有個人特色。不論細節，最重要的原則，是佩戴時你感到自信和舒適。

當中有些讀者或許早已知道，卻不妨多加提醒的事項。假如你努力奮鬥，進入了高貴的社群，那兒有自家設計或者跟時裝品牌合作生產的華麗衣飾，包括外套、西裝、袖口鈕、袋巾、領帶、領帶夾、領

口襟章，而你驕傲地儲了全套，請千萬不要往身上穿戴超過一件專屬產品──兩件已是極限。那樣做會使你顯得太耀眼，很多時未必有正面效果。

有些售賣學院風領帶的組織具有強烈的宗教或世俗意味或主張，選擇時亦請三思，因為有可能冒犯到其他賓客。大部分現代人當然都有自由而善良的靈魂，可是比起婚禮和酒會，肯定有更適合發表主張的場所。假如你是現役或退休的制服團體成員，則大可佩戴你的榮譽飾物。當然，最好先想想當晚主題，也想想自身的主題，避免喧賓奪主。

最後，出席重要場合的話，除了品牌產品，於選穿彼此無關聯之衣物時應小心處理，以免貽笑大方。這種時候，如想穿戴外遊時購買、屬於他人團體的領帶，即使愛不釋手，也請務必三思，為安妥起見，還是建議放回抽屜裡。

靜霧

讀者大可用心，不用費神。聽我說，有這樣的一天，細賞第一片晨光落灑在窗前一群小屋上。幾戶人家已經打開木簾，迎接陽光，也迎接白天之始的天氣。天降霧氣，人恭敬地樂活其中，揚起炊煙附和著。光線愈來愈飽滿，幻化成不疾不徐的燈光表演。灰蒙逐漸離去，底布上靛藍留下。窗框內未有閒雜人煙，動態的僅是清晨的幾輛車子、房子的煙囪頂和若隱若現的星象。

建築群當中最高的十字架有如一枝魔杖，指點星辰佈局和時分。猜想教堂成為不少中古城市的最高點，是由於以往其他建築物在預算和技術上相對有所限制，也想令教堂有震懾的作用，令人敬畏，因為它象徵與神接近，臨近天國。親眼所見，不再是無憑無據，就會莫名地感到人間高處有值得仰望的本質。

這是否真確？有點懷疑。喝一口咖啡，揭開林達的《帶一本書去巴黎》。有留意的讀者不難注意到，在旅遊書式的標題下，此書說的其實是法國大革命的血腥殘暴，記錄歷史教訓。「在沒有任何法律約束的情況下，九月大屠殺充分釋放了人的獸性。大量的女囚徒被強姦，很多受難者備受酷刑，其中一些被肢解⋯⋯」當中也有談到教堂，在緊接一七八九年的「三年後革命的深入，共和國的成立，是以變學校、教堂為監獄，私刑屠殺千名無辜囚犯作為標誌。做這兩件事情的，是相同的巴黎民眾。」

上海出生，後來移民美國的作者還深刻地反省：「⋯⋯『這個自發的革命恐怖手段打擊了反革命的氣焰，對於鞏固革命的後方起了巨大作用』。我就是讀著這樣的歷史書長大的。被這樣的歷史觀澆灌著，我是否還能指望自己並不成為一頭狼？我又能指望自己成為一個甚麼樣的『人』？」*

* 北京三聯書店 2005 版，頁 231

靜 霧 篇

這恰好是法國歷史作家、哲學家托克維爾的歷史連續論調。他認為縱使大革命表面上是改朝換代，人類進入現代主權國家年代，創新天新地，但實際上很多嚴刑峻法及殘暴觀念，卻是直接沿襲舊制度。就如河水越過一段距離，又重新匯集在一起。林達在感慨後留白，留待讀者思考的，是歷史書的定性。這往往也如晨霧炊煙，應僥倖白茫茫中甚麼都抓不住。以為看到了，一抓緊，一失足，便會墜毀。

教堂莊嚴神聖，內部寧靜安詳，很難想像在全城瘋狂的當時，教堂變成甚麼樣。不要強塞，讓他們自己慢慢地說。法國方面怎樣表述？我抽取了官方網站上有關當時巴黎聖母院的文字：

「1789 年 ： 理性聖殿（le Temple de la Raison）

作為權力的象徵，巴黎聖母院在法國大革命期間尤其遭到破壞。大教堂內的文物被掠奪，雕塑輕則被砍頭，重則完全被摧毀，大教堂的尖頂也被拆除。巴黎聖母院被剝奪其宗教功能，它先後被改作理性

聖殿以及藏酒倉庫。部分革命者甚至考慮將其夷為平地並且將石塊出售。巴黎聖母院最終挺過了這段動盪的時期。」

打著理性旗號的，但因而忽略知覺，不一定是好事。價值之外，實體方面，眾所周知，現時看到的聖母院，有相當大的一部分是在大革命後重修而成，並添加了不少新的裝飾，包括二零一九年大火中燒毀的尖頂。將近二百年前的重建工作主要是受一位文人影響而開展的。大文豪維克多‧雨果（Victor Hugo）撰寫《鐘樓駝俠》，「讓它重新獲得聲譽。之前忽視巴黎聖母院的人們以新的角度重新認識了這座建築並且開始著手它所需要的翻修工程。」

思想、文史哲，用得其所，向來有其大用。

十多年前初踏足巴黎，曾經在清晨進入聖母院參加彌撒。宏偉風格扯住訪客的頭緒，傳來一些上帝的呼召。跨過門檻，也跨過了現代與千年文物的邊

界。鴿子勤力地低頭撿食,一遇路過的單車便振翅高飛,順眼察覺天已然由灰化白,人間的霧氣升天全消,剩餘的水珠粉灑在地。此時內心眾教如一,萬千空靈五蘊,似影隨形。

《拾穗者》

書桌上放置了一個印有此畫的別緻鑰匙箱，屬於舊貨，全木製，像是加厚了的畫。畫作放大、調鮮了一點，尤其是畫作中央的人物，頭巾及前臂布條明顯更橙亮。有時工作累了便會把玩一下，想一下畫中人到底在做甚麼，畫家又想表達甚麼，不亦樂乎。

之前提及過以繪畫英格蘭自然風景聞名的約翰·康斯特勃。雖然他畢生未離開過故鄉，但是影響力不局限於當地。在他晚年時，其作品在巴黎展出。寫實平樸的風景畫風征服了不少畫家，其中一名便是巴比松派，並在當地終老的畫家尚·法蘭索瓦·米勒（Jean-François Millet）。今次我談到的，就是其知名作品《拾穗者》（Des glaneuses）。真品於十九世紀末由波默里（Louise Pommery）夫人捐贈予國家，並在奧塞博物館展出，之後除了奧塞，亦曾長

期收藏於羅浮宮。

奧塞的法語簡介中說米勒花了十年時間研究拾落穗這種活動。（有趣的是「Glaner」的英語「Gleaning」也有蒐集資料的意思。）畫中三人恰好像連環圖一樣，進行重複的動作：彎腰、撿拾、起身。畫的氛圍是金黃色的，前景中的女士們全身清晰，同時不及背景中建築物光亮。右方遠處還有一個貌似是主管的人騎著馬，在視覺上似在看著畫中間的三位女士。

《拾穗者》是名作，客觀資料在幾個按鍵之間，我想說更多的是個人感受。（說到咫尺之間，有一個名叫「Arm's Length Principle」概念，簡單來說，就是在不同的參與者當中加設獨立的角色，從而使管治制度更高效，也使運行者保有自主權。）作為一個純然的賞畫者，相比於技藝功夫，著眼處更多時候是一幅畫給人的整體感覺。後者少不免也包括前者。創作的動機和時代背景、內容取材、光線、流派、用色、構圖、貢獻，都會影響整體感覺。

那個年代，女性的地位遠不及現代。BBC 便有言：「在 1918 年 2 月 6 日之前，英國女性不能參加議會選舉投票，即使是劍橋大學畢業的女學霸，到議會選舉時，地位跟精神病人和罪犯一樣，沒有投票資格。」畫中的女士都在彎腰拾穗，觀眾看不清楚她們的面目。三人同樣面向地，衣衫看來平平無奇，從外觀到行為，以至「齒輪」式的構圖，都在告訴我們她們屬於甚麼社會階層，畫家又想表達甚麼。時值法國大革命後數十年，本已有著其時代性，後來更因成為梵高的模仿對象和靈感來源，而再增一重跨時代性。同一個地球，同一個光體，映照著一幅人物形象飽滿、拾穗中的勞動場之外，也映照三十三年後那漫野無人，人生倒數的群鴉麥田。（下見〈麥田·烏鴉·歐韋爾〉。）

數碼龐克：魚缸與魚的距離

先一刀切下，把狠話說在前。數碼龐克（Cyberpunk）這類東西，抽離現實苦難的話，只是小資玩意，用來證明品味另類、高尚、不離地的噱頭，中看不中用。

一個地方的美，不必刻意用太多理論去說明。它美，是因為居民在此成長，過客難忘，是因為一種獨特的共同記憶和生活體驗。這種美學考量，未必是甚麼外觀上的東西，反而像是維根斯坦所指的「靈機一動」（Click），只有在特定的文化中才可直覺地立即領略的。更何況，「世上不存在一種觸動或切合任何事物的東西。」（Really there is nothing that clicks or that fits anything.）*

如果用普世美學中的山明水秀、風光如畫去衡量這類東西，出發點固然不對勁；假如用此概念來反

* Wittgenstein 1966, Lectures and Conversations on Aesthetics, Psychology, and Religious Belief, ed. Cyril Barrett (Oxford: Basil Blackwell), p.19.

過來證明另類美學，則也是困在同一個思想迴圈。就如殖民主義過後，絕不應該是另一國家的殖民主義，而是雙方了解歷史後認錯和重拾平等、尊嚴，重新建立之前被摧毀和壓迫的文明。某程度上，殖民主義的相反不是反殖民主義，而是無殖民主義。一個地方是否美，如何美，都不應該用舶來貨來衡量。如荷里活《銀翼殺手》（Blade Runner）、《廿二世紀殺人網絡》（The Matrix）等電影對亞洲城市有所著墨，特別加入本地味道，值得高興，但應自重，不用過度。那份欣賞，為何不能單純發自於「自己人」的內心？

當然不能以偏蓋全。這顆星球上，很多地方是正常的，很多人是好人；市面差的狀態不是市面的全部，道德敗壞也不就是全部人的共同特質。不過巧立名目地「包裝上市」之前，讓我們都來睜眼正視：城市結構污穢不堪、水渠後巷滿是老鼠和蟑螂、僭建及房屋品味糟糕、人們自私自利、奢華和浪費無止境持續、急功近利而且目光如豆、盲目崇洋又崇威權、自以為是又強詞奪理、狂喜狂悲等等。

愛，不等於要無視醜陋的一面，去顧左右而言他。打造甚麼敵托邦主題樂園，只是再次證明這裡是二百多年都沒有改變過的機會主義者和暴富者集中地。讓說者就在此時此刻——別說以前，別撇開目前猙獰的處境——住在最狹窄髒亂的地方，過最被剝削的日子，領最低的工資，任何人都不會說得出甚麼美學之類的荒謬話。加點霓虹異色，只是讓代言者在隔世的市場中多撈點名利。

看似迷你水族館，魚兒泳姿多優美，換氣維生系統多可靠，餵糧定時，連水缸形態也有觀賞價值，光管套上五光十色的人工顏色與效果；一道屏幕之隔，只知道彼此正待活宰被端上菜。唯一的救贖不是跳出魚缸——很多人遠看舊魚缸便自以為高尚，那無非證明他們身在另一個魚缸，充其量是自欺欺人地安然生活而無視苦難。若見崩壞，可能是時候想一想，如何正觀，如何罪己，如何用餘生全職全心全意地改變這一個世界。

野家貓普尼

自從野家貓普尼（Polis）漸漸駐留在我家的花園，也在我以毛衣和水果箱為它搭的簡單小牀過夜，我心內便產生不少哲學問題。想貓，亦不妨想想人，觀察行為，思考事物本質。

第一個問題：到底普尼算不算是我的貓？以貓的性格，很難稱牠們為某人的貓。我想我也不能那樣做，只能（彆扭但如實地）稱之為「跟我一同生活的貓」，平時勉強地簡稱為「我的貓」。貓的腦袋中似乎沒有主僕的概念，而養貓的人也明顯不太在乎。有天騎單車去教堂，途中想，這可能就是動畫片中主角跟精靈，戰士跟巨龍，武俠跟快馬的關係，有某種馴服養飼，沒有奴役屈從。野家貓天生具某種自由，可以隨時走開，可以不瞅不睬。它到這裡來用餐，除了合理地為了果腹，還有一層考量，就是你值得親近還是會帶來危險。數算著，應該也算是同伴。甚麼認受性、強迫性、管治、主權、

擁有權之類的政治哲學概念，統統不適用。

說一個人是否一個好人，聽來是一個道德問題。問的不是才幹、身家、外貌，而是為人。談吐是否得體？相處時感覺是否舒服？是否願意在朋友遇到困難時主動伸出援手？很抱歉，這些都不能好好量估一隻貓。（除了第二題，不過貓一般坐在旁就很可愛了。）我們也不能對貓有過多實際上的期望。那麼另一個問題，「普尼是不是一隻好貓？」，有沒有研究的意義？要回答，無疑有點太簡單。牠從不惹事，不會弄髒地方。即使我們外遊，牠也不會抓破裝飼糧的袋子。養貓的人都知道牠們最喜歡皮質，用來磨爪，亂抓的結果通常輕易地體現在飼養者的沙發上。有一次發現牠不在牀上，但叫喊時牠仍可馬上奔近。思考了幾天，原來是我們將地窖的小窗打開透氣，牠便住了進去。入內檢查，牠當時乖乖地坐在椅子上，沒有搗亂，椅子上的皮革完好。牠頂多只曾咬起不喜歡的小盤子，把它收起來。就是一隻表面上長著貓樣，貓品不俗得有時不像貓的生物，不會給人帶來麻煩。

第三道問題是： 我跟普尼之間有否交流？普尼提防人到一個很極端的程度，雖說相處日久已經大為改變，但總不能說是親近。普尼不喜歡被撫摸，總與人保持著距離。以往餵過的貓當中最怕人的，是在劍橋的書院貓瑪麗，但也能趁牠不為意時偷摸。瑪麗也不會因此攻擊人，只會怕得彈起來。看來不管是瑪麗還是普尼，都不能說我們有直接的身體語言交流。

難道不喜歡與人親近的人就不是好人，簡單的寒暄問好就不是交流？那樣就不是好貓嗎？何況現在叫牠名字時牠都會喵喵地回應，活像是來自天堂的聲音。牠一言我一語，有時來回多次都意猶未盡。那未必就是順從的意思，不過雙方應該都感到善意，溝通的內容也不重要，第三條問題自然地消解了。

再想想，一隻貓是否好貓，或許主要看牠是否肯陪伴，而這一點，也就是為何就算牠不會打掃，橫眉冷看「主人」，也不會與人深入辯論，不少人依然

會當牠是家庭一分子的原因。看來不只貓，人也一樣，有些人不愛其他人類，有些朋友之間的溝通不怎有效卻愉快，也是同理。打掃秋葉，修剪青草，見小動物在旁伸懶腰，再跳上陽光下的木箱，悠然睡午覺。縱互相獨來獨往，牠的存在至少緩減彼此的孤單症狀，換來花園內所有靜物無法媲美的珍貴畫面。

心水清者，該意會到以上叩問的是命名關係、道德、語言，都是大哲理課題。三道下來，同聲同氣，同行同活，已經很好，應該心滿意足了。

例外文藝

林夕有一篇文章叫「甚麼是甚麼」，討論了何謂文學和藝術。文章有時事背景，亦有普遍的可讀性。為免斷章取義，以下是段落節錄。

「甚麼才是文學？

香港作家協會會員的作品就是文學？在報章雜誌發表的就不是文學？商業電台一段感人肺腑的獨白就不能成為文學？以香港的狀況來說，簡單諷刺又荒謬來說，賣得的就是商業文字，不賣的就是文學。死人的作品就是文學，未死的就是商品。」

接下來他亦有問甚麼是藝術，並發現似乎平凡如汽水罐都稱得上是普普藝術的一員，並道：「文學與藝術根本無準則可言。」

「甚麼是甚麼」向來是大問題。這是散文，不是學術辯論，容我拋開複雜的用詞，放鬆地說說看。如果說事物的意義或者本質是潛藏於其用法中，文學、藝術也不應是例外。凡是使用便會生出模式，亦可從中窺探不太科學的、大概的法則。法則的建立，最好不是依靠單單一人，而是依靠多人。一個群體內，那些規則信條如是大抵有效的，便成「合眼緣」、「好看」、「美觀」。

這看似合理——只要不去細想。梵高在生時只售出過一幅畫，是畫阿爾勒一帶的《紅色葡萄園》，不少他的其他作品都比它來得有名。這算是一個例子，那些規則說是有效，可能是「行之有效」的意思。亦即是，無法前瞻地反映評鑑新生之物的法則。這似乎也成就了一些粗製濫造的空間，藉詞生名生利。

買賣本來就是商業行為，賣不賣得，撇不開商業。公司買賣不善，長遠便要倒閉，經營者「唔死一身潺」。死不死得，倒是有趣。粵語中，「死得未」

指「還好嗎？」，是善意還是惡意要看語境語氣；回答「未死得」，字面上指還在生之外，亦意指生命力頑強，可以撐下去。文學商品，商品文學，依靠的都是市場法則，百分百屬於麵包與理想中的前者。社會價值以市場主導，市場規則便莫名其妙地成了社會規則。於是寫的人和拿去賣的人，假如信奉品味和意義，便成了例外的珍禽異獸。（有意者可讀讀阿甘本的「例外狀態」一說，或有某種共鳴。）要有氧氣才可撐下去，也要撐下去才能製造更多氧氣。同一比喻，前者是商品，後者是文藝。

進一步說，事物是否合眼、順眼，是關乎美學的。一些行為、做法可能有其理性及法理性的基礎，而在這些基礎上，如何思考，如何執行，還是有著不少的可能性。如果選取了一種不順眼的，便會使人不舒服，不想共處。有人會因而遠走高飛。

也有人會以這種「不舒服」來創作，希望帶出一些訊息，使人反思反省。在我剛完成的小說，也有這種語言暴力美學的取向，在連番語句中探索生命向

上的可能。

若然未死得的我們將自己包裝成商品，沾沾自喜地販售賣得出的人生，例外文藝，還是文例之外，倒沒有甚麼好計算的了。

給嘆息橋

船兒在河上倒行，劃過兩條虛擬的線，分開潰散在兩岸，墜落到河底。風倒吹著，光散渙反射，岸與人往後移動，把整幅風景也一併往後倒放，像劇場閉幕時紅絨巾緩緩降下，想起遺漏了甚麼，又開回去，柔和皺褶重新摺起。他恍然，岸邊人的話，他聽不進去，風景也看不入眼，料想四周都因倒退而失真不明了。或許你沒有想到，自從你跟他說那消息，雖則他假裝替你高興，假裝莫名地興奮，可是他的世界自此便一直往後退。人們說極重之天體能拖曳光線，使光轉向，令光變色；而人之所以能看見，皆因景物折射光線，經過瞳孔，在眼球內投影成上下倒轉的影像，待腦袋調整。可人們能否解釋這一刻，太陽為何收回光的能量、眼睛為何沒有修正世界的顛倒形相、他的眼睛又為甚麼流下生理水分？

只得在船的對座偷偷別過頭去。時候不早了，你說。對啊，他內心揪動。你問，想不想走走？好啊，他聳聳肩，扮作自然，說可以送你回家。你不經意地說著跟那人怎樣初遇，怎樣相識，再怎樣走在一起。你走起來不甚方便，腳還沒好嗎？可能需要點按摩。他的暗示你聽不見。

「那條路很遠哦。」

「沒所謂。」

他追問你故弄玄虛、紅著臉想分享的事，雀躍不已地掩飾心頭大石。石城向來是遊客地，初冬夜裡不算多人，他想起有時想並肩同行，卻發現怎樣調整步伐，都配合不了你。在同一條路上，也在兩條道上。

朋友勸說不要認真些甚麼。認真？他哪裡有認真。不要？他沒甚麼想要的。或者說，他從來只有想，沒有要。這是他自己經營出的悲劇。那些甚麼，又

怎樣確定屬於你，可以轉交他人？那些甚麼，溫度回憶情感憤慨錯過忘卻冬衣笑容相伴，又任人隨便捨割相贈嗎？

想說的話沒有說，就如從未存在過。穿過飛過的鳥、低頭的人、垂柳清風、渡船者、木舟、灰灰的天、千年學院、流言傳說、分分秒秒、沉重的輕薄的，就在那確切的一瞬間，你們滑入哥德式橋墩中間。只緣身在此山中。黑暗的兩秒內，他的秘密也就固定埋藏在這裡了。要解密，只能從愈來愈遠的今天，愈來愈遠地倒行回去找。

他想你永遠不會知道 …… 他想，你永遠不會知道。

說甚麼他的故事，說得跟自己無關痛癢似的。可惜那陰暗的盡處是甚麼，他說了就是，旁人管不了。他的故事不屬於他 ；他的秘密，則是他的。這是他的全部，是他存在的意義。

那時你們都年青，而歲月已經太老，容不下太多閃

失。你們現在也都有了命運註定的歸宿，平靜地生活不好嗎？另一邊廂，在身世，在身份，在身軀之中，就不能拋開，不能脫俗嗎？至少至少，把話都說清了，難道不會更好？

你們本處在兩邊，感謝時地人的安排，恰好在萬千星宿中處於同一地球，同一時空。連接是稍縱即逝的，你片刻在一起，而永遠在兩個世界。那相交的一點，縱使放大成一段巧奪天工的磚砌拱形路，在無窮無盡中，亦只好無情無意地忽略，過了眼，掌心上連雲煙也沒有。情願天沒有空，地沒有色，也沒有橋，只有橋上的偶遇。

再精緻，轉眼划過，來不及給人嘆息。

一些針織領帶的事兒

之前說過學院風領帶，今次想說的是另一種常見但考究的類別。有朋友經常問道衣著的事，其中很難掌握的一環就是領帶。不少工種要求人好好打扮，但下班時便不會想繼續受此束縛，何況領帶不是必需品，很容易便會在日常時裝中被省去。雖說如此，只要配搭得好，還是可以變出不少風格。當中一個簡單的變奏就是具有使正式西裝外套變得柔和的神奇力量的，一般在正式場合以外佩戴的針織領帶。

針織領帶是看來很平凡悠閒，實質很考功夫的衣著配件。才說了不久，領帶不是必需的。除非場合有要求，否則大可不戴領帶。於是反過來想的話，在現代日常生活中，你的領帶最好能突出層次和品味之餘，又不會顯得突兀、過時或者冗贅。不顯得突兀有時會成為你衣裝是否順眼的先決條件。若買到

品質稍次的針織領帶，便會發現很易顯得殘舊，外形也不是筆直而是鬆散的。高級男裝考究之處往往就在品質與細節。與其花一百多港元買入門級的領帶，不如從中價入手；而如果未有強烈偏好，則最好由基本款入手。目標應是自在而得體。

想推介幾款個人穿戴得滿意的針織領帶。首先是 Banana Republic。以價錢來說，實在是相宜。它售賣的純黑色和藍色針織領帶看起來質感都很不俗，性價比一流，造工較同價位的競爭者為佳。最近它的母公司 Gap 似乎深陷經營危機，希望不會影響副牌的品質。早年它在觀塘曾有特價場，可惜早就結業了。有意者可以等待減價，是入手的最好時機。

如果說要追求最好的，可以試試價錢光譜另一端的 Thom Browne。它的領帶價位接近二千港元。百分百絲質，頂級針織質感，意大利製造，華麗細緻，穩重又有高辨識度。這種領帶有甚麼不好處嗎？就是比較脆弱，本身奢侈，變相更奢侈。你的手如

果在冬天容易乾燥便糟糕了，很易刮傷領帶；用餐時稍不注意，乾洗的價錢已是一條平價領帶。當然，如果你是其目標群眾，以上自然不值得介意，壞處也是好處，便無壞處。我另有一條 Thom Browne 主理 Moncler Gamme Bleu 年代的針織領帶，現時市面當然買不到了，窮工極巧。

最後一個在性能和價錢間取得平衡，容易駕馭出格調的品牌是 Hugo Boss。看好時機，收藏了黑色粗針料、米色棉料、灰、啡色毛線料各一，算是一套意大利製造的基本色。除米色混了三份一的絲質，其餘全都是羊毛製，適合秋冬。如果在 Hugo Boss 各牌副線系列中迷失，一律推薦 Black Label。不過正如其他針織領帶，最好一試，試顏色、用料、質感，也試闊度、長度。所有因素放在一起，才知是否心水。一般來說闊度都是四至七公分。萬一領帶過闊，看起來有可能會比較復古，領帶結打起來會變成厚重的一塊；過窄，看起來會有點輕鬆輕浮。GQ 有推介過的 Tom Ford 七點五公分，便不是每個人都適合，成熟男士適合的概率會比年輕的大。

棉毛衣質料及粗針也會在外型及實用上有所分別。或許你會覺得這些細微位置差別不大，但只要你試過一公分的顯著差別，便會知所言非虛了。跟傳統領帶不同，針織領帶一般是一條過的，並非將兩邊縫起。傳統領帶比較容易改，針織領帶則改長短比改闊度容易得多，如你對某款式有執迷，又有相熟的師傅，才好那樣籌劃。

一言蔽之，假如迷茫，推薦黑色五公分，很難出錯。最後，如果本身是學生或者舉棋不定，可到市面的連鎖店入手。若是預算有限，實在無可厚非。只是，便宜的東西，有時品質沒有保證。你可能穿了不久便想放棄，又或者它的品質無法支持太久，變相廢時失事，得不償失。很鼓勵選購優質的二手古著，一來容易找到符合預算的商品，二來也能給衣物一個機會重生，為綠色生活出一分力。很多時候，選擇得宜的舊物在洗滌過後都跟新的沒有太大分別。（清潔領帶要特別留神，處理不當的話會變形，不能逆轉。）針織領帶方面可以找尋 Saint Laurent 及 Dior 的舊款，隨時有意外驚喜。

斷臂的維納斯

雕像《米洛的維納斯》（Vénus de Milo）現時坐落在羅浮宮敘利館，被認為於公元前一百年左右雕成，現時名字記錄著近二千年後的出土地點——希臘米洛斯島。我看這「展品」還包括了由下仰望，整體視覺震撼人心的達魯階梯（Escalier Daru），有說它連同蒙娜麗莎、勝利女神像（全名「薩莫色雷斯的勝利女神」（Victoire de Samothrace）），是羅浮宮三大最重要的女性藝術品。當中蒙娜麗莎的創作者是達芬奇，背景資料亦確知一二，其餘兩件由誰創作、具體何時完成、創作動機，全是不清楚的。而後兩者的共通點有二。一是皆為體現古希臘美的作品；二是皆為殘缺，維納斯斷了雙臂，勝利女神則雙手及頭下落不明。

諷刺地，三者都不來自法國，而分別來自意大利及古希臘。在資料蒐集時曾讀到一個說法，謂帝國有

其帝國博物館；帝國的基本特徵是包容性極高。帝國史是極其複雜的，包含種種內部壓迫及外部侵略，任何對文史哲稍有理解及對歷史有所反思的人都會對以上說法側目，不能不從速放下那種書。奉勸各位在接收資訊時小心。

說回殘缺，可能很多人會直說是一種美感。我還未思考在美學當中，殘缺怎樣具體地演繹出一種美，不過那會引起遐想則是一定的。想像的東西，不論是神祕的來源、匿名的藝術家還是失落之物都會導致翻天覆地的解讀，就好像有人猜測《米洛的維納斯》是妓女，都是穿鑿附會。這些人似乎都表現了人類說故事的能力，無疑是一種心靈上的二次創作。是真憑實據還是噱頭，無傷大雅便好。

十二次日間艾美獎得主勒瓦爾・布林頓（LeVar Burton）曾長期擔任兒童節目主持，與觀眾一同開卷閱讀。在串流學習平台 Masterclass 中，他說：「講故事是建構文明的其中一個基本元件。我們作為一個物種，所有重要的事都包含在故事之內。」

如何說故事，如何想像，如何建構不同場域的論述，不知不覺地構成人類文明。以至寫學術文章、商場演說、家庭聚會、市場宣傳、電影小說，都在從沒有到未完整再到完成，在想像和說故事，雖微不足道，但聚沙成塔。

說起斷臂的維納斯，皆因書桌上一直放有一個小型的複製品，跟著我住過不同城市。向來喜歡這種被藝術包圍的感覺，也好像有一兩件這樣的擺設才稱得上是有格調的書桌。手掌般高，臉龐脫俗，身軀也跟原作一樣，大致符合黃金比例。放在燈光旁，鍵盤前，書架上，勉強補救了凡人的文藝氣息，也置放了靈感——假設有生之年看的就是殘缺，殘相就是全相，也不應該讓它成為想像的阻礙。這種想像，不單在於內心和修養，也必須以某種方式表達，才能成為文明一部分。勇敢嘗試、持續執行、承受挫敗、再接再厲，如是者，踏雪又怎會不留痕？

從寫作魔戒到文明之地

《魔戒》正籌備電視劇系列，預計在二零二二年上映，講述發生在電影三部曲之前三千多年的事，叫一眾支持者相當興奮。這也是一個好機會，好好思索一次《魔戒》系列電影的文本。

《魔戒》有趣的地方，是書中書的手法。而這其實需要專門的學問基礎才能成事。不少著名的故事作家本身亦是專科學家。《愛麗斯夢遊仙境》的作者查爾斯·道奇森（Charles Dodgson）於牛津大學教數學，托爾金（J. R. R. Tolkien）則在同校教授語言學。中外類似例子不鮮，錢鍾書先生也是牛津畢業，後來鑽研文學，同時寫了著名長篇小說《圍城》。

電影開始時先說了大概，有一隻強大的戒指，以及一些爭奪、戰爭和遺失。之後便開始講述一個

叫「Shire」的地方，是為中土世界（Middle Earth）的一個地區。書中則是直接在此開始。「Shire」是一個平常不過的字，意思是郡，好像劍橋郡（Cambridgeshire）、蘭開郡（Lancashire）。捨音譯而意譯的話，這個地方就是「郡省」、「郡村」之類，大概也可以是「那個地方」。事實上也就是跟讀者暗示，這就是你心中的任何一個地方，可能是你的家，也可能是你最想住的地方，現在我來告訴你，在我的世界中這是一個怎麼樣的地方。故事中有很多細緻的描繪，包括當地人的習性、天氣、地貌、節日，總的來說就是一個很溫馨，有家的感覺的小地方。更有趣的是，故事人物中，即使有接下來這問題，他們也從未意料自己住的是「那個地方」。

書本中，類似的情況在開端便已出現。在第二頁，有人描述比爾博・巴金斯（Bilbo Baggins）時，指「A very nice well-spoken gentlehobbit is Mr. Bilbo」。「Gentlehobbit」是一個新創的字，由詞根「Gentle-」和「hobbit」組成。「Gentleman」意思是紳士。此處用「hobbit」代替，沒有加上引號或大寫，自然地成

為書中文法一部分，讀者也會慢慢接受這個故事中的主角，可能不是人類，而是一個叫「哈比」，跟人類相似但不同的種族。

事實上，如何令讀者接受「新世界」是一個困難的課題，而《魔戒》在這方面的技巧是很出色的。故事中存在不同語言，而且有其具體寫法和語法。書本身是用英語寫的，英語也是人物在互相交流時使用的語言。那為甚麼這個語言跟現實中的一樣？上面提到作者用哈比來說明人類之外也存在其他種族，包括我們認知中只屬虛構的半獸人、矮人還有長生不老的精靈，而大部分精靈在《魔戒三部曲》最後都離開中土世界了。

或許你們早注意到，書中用的是古老典雅的英語，《魔戒》說的其實是人類紀元前歷史。

托爾金在信中曾提及他是有歷史思維的（Historically minded）。中土雖然跟「中部」（Midland）相似，實則另有所指：「中土不是一

個幻想世界。名字是『Middengeard > Middel-erd』從十三世紀出現並沿用至今的現代寫法,那是『OIKOUMENE』的古老稱呼,指人類棲息處、客觀地真實的世界（The objectively real world）,專門用於對比如童話世界的幻想世界或者如天堂地獄的未知世界。我的故事劇場就是這地球,這個我們正在生活的地方,但是那段歷史時期是虛構的。」

值得注意的是「Oikoumene」這個生僻字。在如無意外即將出版的論述中,我考究過其出處。它現多拼成「Ecumene」或「Oecumene」,是一個地理用詞,指有人居住之地。古希臘時期,則指文明之地。而「Ecumenism」則是宗教用語,指泛基督教派的統一。亦可作比喻,譬如文化人類學者 Karpiak 便指：「……它（指他提倡的『警察人類學』）的存在理由（Raison d'être）依賴於在跨學科的人跡所至之處（Ecumene）,以專家身份在非西方、小型、近世社會服務。」托爾金的用法,則強調了「客觀地真實的世界」這一重意思,以對照小說創作的虛構方面。如此一來那些小說中的東西,都可以是

「真實的那個地方」，至於為何我們沒有那段特殊的精彩歷史，就是如書中象徵智慧的甘道夫所說：「戒指流失於知識與傳說中（The Ring passed out of knowledge and legend）。甚至連它的歷史都只有很少人知曉。」此處的喻體「戒指」已不只代表權力慾望，還指代世間所有珍貴事物，無論多珍而重之，還是會隨時間洪流，流散得無影無蹤。

（夢）（囈）（篇）

「異地同道修行。」

睡中思考

有關我睡覺時的腦部活動，我百思不得其解，希望懂得或遇過的人不吝分享。

我在大學修讀物理學時，基本上是以邏輯為強項畢業的。這樣說是為了顯示出它與我另一種能力的落差。一直以來我對文字總是有種不能直接理解的感覺。我的邏輯推理能力跟處理文字的能力成強烈反比，而這一點在長大後接受高等教育時愈來愈明顯。論文導師對我行文的形容不是好或壞，他總是以看起來難以言喻地鬆散來形容。文字在我眼中是散亂和欠缺邏輯的，寫作時更如是。後來證實我患有讀寫障礙，才慢慢有意地調適，開始更能理解符號與文字。這應該也某程度上解答了部分人對於我行文有時艱澀難明的問題。我這樣說不是推卸，而是想證明一直有努力改進。

在之後出現的睡中思考也如是。腦海中待處理問題的「模樣」，大概就是平時讀著文字時「似曾相識」的感覺。勉強要說，那更像是沒實相的、飄浮的概念，而不是文字、場景。

真正開始睡中思考是在讀大學時。當時對數獨遊戲相當著迷，由一般報章裡的數獨開始，再索性找專書挑戰最高程度。很快便破解了大部分，只剩一兩個關鍵位置。如是者思考了三數天。直到一晚在入睡後，腦袋很清晰地思考過，起牀便有答案。後來也斷斷續續地出現差不多的情況，不頻密，可能是每年一兩次左右。

似乎是當時真的沒好好開發腦袋，或者有幸還未碰到需完全開發腦袋才能應對的事情。

也許出於上文提及的種種原因，逐漸對語言（和）哲學產生了濃厚興趣，燃亮了學問之路。情況一直持續到遭遇理論的瓶頸時，也是大學問上的大難關。這是人生前所未有地極需思考能力的時刻。睡

中思考變得不可思議的頻密，初時每星期一次，後來發展成每星期三、四次。倒沒有勉強自己這樣做，也沒有在睡前一刻繼續工作，而是自自然然就發生了。這解決了我不少在建構學問上遇到的理論問題，無形中增加了思考時間，有助解難。

粗略地搜尋一下，找到最貼近的東西便是清醒夢。然而夢好像是應該有場景，正在做些甚麼，如日常生活一樣。我的經歷卻不像其他夢境，沒有其他人、空間、對話、符號、文字、始末、時間，只是有一道問題，腦袋在睡眠中自行打轉、摸索、整理、補遺、運作，並給出答案。那些答案是很清晰的、可經推敲的、可堪深邃思考的，不是雜亂無章，也不只是靈感。

又好像有一說是在睡眠中清醒往往出於焦慮，是某種心理投射。我並不否認自己跟很多都市人一樣有不少憂慮，思考反而是釋慮之法，鑽研學問，方可撇脫，感到自由。我的睡中經驗並非清醒，意識中只有未解難題；也沒有情緒，只是純粹地思考，

應該無關焦慮。至少我腦袋這樣運作時我沒感受到甚麼特別的情緒。那又是否因為心知這是艱難的問題和處境，必須用盡潛能去應對，這實屬一種自我保護意識呢？好像是某種奇怪的超能力，也有可能純屬市井之談。有識之士不妨一同探討這現象。

寫到這裡，想起魯迅的名篇〈夜頌〉：「夜的降臨，抹殺了一切文人學士們當光天化日之下，寫在耀眼的白紙上的超然，混然，恍然，勃然，粲然的文章，只剩下乞憐，討好，撒謊，騙人，吹牛，搗鬼的夜氣，形成一個燦爛的金色的光圈，像見於佛畫上面似的，籠罩在學識不凡的頭腦上。

愛夜的人於是領受了夜所給與的光明。」

萬籟俱寂，睡人自擾。

致挑燈人

人無非是血肉之軀,一點水分,一點養分,上帝吹入靈氣而造。不是每個人都有幸帶著歷史使命的靈光,風雨之下,刺眼得眩目;過後又會發現大家皆是凡人,總有堅悍警備的高光時刻,也有不談風雨,只道平常的時候。人間種種是非曲直,泛起的飄渺漣漪,都超越了此文的關懷——說實在,這種時候更應該純粹表達的,是作為朋友的關心。任小弟再不才,都不希望損耗和消費這些情誼。別胡亂假想,不過歡迎將身邊任何一位設想成信念踏著堅忍步伐、付出全部人生的挑燈人。

你們無疑是刻鑄在歷史上的人物,我心想,我怎麼有幸曾在瞬間認識你們,而你又怎會有興趣結交我這樣的潦倒書生。

跟所有莽撞的文藝青年一樣,憂國憂民,傷春悲

秋，妄想讀幾本書，參與好些事務，就會改變世界。現在看來當然是天真的想法，卻不得不說，這也是一個善良人有所收穫的人生階段。我跟你並無任何公務上的關係，更不可能為你人生增添任何好處，甚至在直白辯論期間為君帶來煩惱。純粹是相伴走過漫漫黑夜長街，觀察世情，一起工作，亦純粹是好意。也許因為無甚煩人的瓜葛或體制的掣肘，相處上感覺友好亦不計較。我由衷地相信亦希望你也曾感到同樣的精神滿足。

繁忙的日常及顛倒的時差使我們見面不多，不然我是多麼希望助你一臂之力。稱不上智囊，但總當得了球僮。球擲到網邊上，向前向後，決定勝負。些微助力下，或者命運就此改寫。或者我們理應正在閒聊碰杯，品嚐最愛的威士忌。或者你我可以安然在家。你還在那兒，我還在這裡；而那一切不是虛構的幻想，這一切不是真確的苦難。

說到靈性層面，雖然我們在宗教上存在不少意見分歧，卻有著共同的價值信仰。你身在險境，心境上

卻總表現出樂觀、堅強、奮勇，想必離不開你分享過的奇異宗教觀。我對你的尊重來自在艱難時候彰顯的高尚人格。這不是地位、金錢等等世間物質可以取代得到的，只能在絕境中方能證明。俗世難以想像地堅不可摧，仍遠遠不及信者、賢者、能者所追求的事物。

親愛的朋友，祝你一切安好。見人間蒼蒼，前路茫茫，人不禁潸然沉默：日子真的不容易啊，我也過得不好，彷彿給背叛了，信仰正受到考驗。千帆之影掠過，汝道不孤。希望這片我們熱愛的土地保佑你早日平安無事。縱然無力和卑微，我也希望將僅有的恩典贈予你，而我全身投入的文教志業能改變到少許人的思想，異地同道修行，待他日世界終結時，豁然讓祂審判你我的優劣與功過，問心無愧，便已足矣。

看杜琪峯的警匪片 ： 創作篇

杜琪峯先生以凌厲剛陽的電影風格，在本地及國際影壇皆累積了相當的聲譽。他的很多電影題材都涉及不同學科。本文將以其作品帶出廣義人文學科上的相關概念，加以討論。有人話 ：「做戲啫，咁都信？」信不信，乃一念之差 ；戲裡戲外，也不見得就是兩個世界。現代社會架構愈來愈複雜，人與人之間無形的距離隨之增加。換言之，我們無法透過直接渠道了解周圍發生的事。因此電影、小說等創作便成為了建構我們「想像中的社會」（Benedict Anderson 所說的「Imagined Community」）重要的一環。

演戲，不單是藝術表演，更構成我們對社會的認知，影響我們根據所得資訊而作出的行為。不少香港人自小觀賞警匪片，可能會觀察到，香港犯罪率甚低，似乎與本地以警察或黑社會為題材的電影數

量相映成趣。有時到外地，甚至被問到「香港真的經常出現槍戰嗎？」等等令人摸不著頭腦的問題。那到底電影是真的純屬虛構，還是反映著一定程度的真實性？

電影作為媒體的一種，早已成為不少學者的研究對象。美國社會學者大衛‧阿爾泰德（David Altheide）進行過不少這方面的研究，並提出過一個相當重要的問題：到底媒體在建構恐懼的論述中扮演一個怎樣的角色？一段新聞片段的取材、組織及表現方式很多時候會有意無意把事情放於一個既定的框架內陳述。於是一些零散的社會現象便一一「被成為」了一個社會問題的證明。

與此同時，新聞媒體不論立場、形式，傳統印刷抑或網上發表，只要是商業運作都講求銷量。賣到紙，賺到點擊，才可以繼續生存。因此，故事需要吸引眼球，引人入勝。久而久之，媒體成為了一個「問題製造機器」（Problem-generating Machine），無中生有。大眾媒體在進行有關罪惡的論述中無可

避免地影響我們對罪惡的觀感，令罪惡「對一些人來說是真實的，而對大部分人來說幾近真實。」

杜氏曾擔任康城影展評審，分別三度及七度奪得香港電影金像獎及電影評論學會最佳導演獎，以槍戰、男性沙文主義、宿命主題聞名。那到底他的電影流露多少真實性？首先，他的電影帶有濃厚本地色彩。不論是全本地製作如《非常突然》、《PTU》、《神探》，還是合拍片《毒戰》，在選角、角色塑造、取材上皆相當本土，很多角色往往是帶有某種缺陷的普通人。

就連佳作《神探》的主角劉青雲在結局亦開門見山地說明：「我都係人，點解要有分別？」更多的角色是本地人、會不小心丟失配槍的探員、內地人、少數族裔、黑社會小混混，無一不被常人的特質如貪婪、追求榮耀、帶有過去陰影等等而被導向同一個宿命。到底杜氏「製造」了甚麼問題，而這些問題放諸今日的香港，又有何參照作用？

看杜琪峯的警匪片 ： 戲劇感篇

之前提及杜氏電影含深厚本土色彩，以及角色的人性。就算是特殊的人物如《神探》及《大隻佬》內有超能力者，觀眾一樣很難以一個標準的英雄形象將其概括描寫。因為神探之神，同時包含神經質 ；大隻佬之大隻，乃包含他的執念。

放低贅肉，卻點起自殺的香煙，如此畫面叫人無法釋懷。這也是杜氏拍檔韋家輝的功勞，其劇作具無比深度及討論空間，只好有緣另文再撰。

當然，媒體多含框架（Frame）或格式（Format）。生活用語「好似拍戲咁」其實便包含普羅大眾對電影的想像與期望。杜氏電影內一樣會存在不現實的事物，以增加戲劇感。其中一件便是已成都市傳說的「龍頭棍」，早有學者證實它在現實中並不存在。杜氏有拍攝江湖電影的豐富經驗，自然做過大量資

料蒐集，當然不會不知道。將龍頭棍放於《黑社會》內，以帶出江湖派系人物因爭奪虛無縹緲的權力而折射出的人性黑暗面，甚至有云為香港現實寫照，真中帶假，以假諷真。

說到人性，便不能不提杜氏電影裡對罪犯的描寫。容許我問一個簡單的問題：誰是罪犯？狹義來說，犯法者，罪犯也，可是現實和道德層面上，問題顯然複雜得多。杜氏在這方面著墨不少。我們很少在他的電影裡看到《蝙蝠俠》裡小丑一樣的奸角。在韋家輝的參與及互相影響下，他對公義的理解很明顯受佛教或與其相關的本地信仰影響。

根據數字，每七個香港人便有大約一人為佛教或道教徒。基於本地文化風俗，若問是否相信「善有善報，惡有惡報」等果報概念，相信「教徒」比例會高得多。雖說萬般帶不走，唯有業隨身，李鳳儀上輩子是日本兵，所以今生一定要死，但是善惡是一個流動的標籤。就算當下是歷史數據集合的結果，為善為惡，依然是可選擇的。一念天堂，一念地獄。

因此大眾在觀影期間會不斷被放進不同情景，判別當中的道德界限，即學者 Jack Katz 所謂的「不能忽略，不能逃離」的狀態。

在現實中，對錯有時難以判斷。罪犯與警察、壞人與好人之間，有時是一念、一線之差，好像《文雀》內的兄弟情誼將盜竊變得浪漫，又像大隻佬遏止了飾演警官的張兆輝盛怒時的暴力。這與 Jason Ditton 所說的媒體功用是一致的，即媒體的影響視乎接收者的詮釋多於內容本質。無可否認，看過警匪片內暴力、槍戰等畫面，香港人整體依然馴良，這可說是一大佐證。

作為嚴謹的學術語言，犯罪性（Criminality）不同於犯錯（Wrongdoing），而且牽涉的權力關係與社會地位議題更複雜。我們見到杜氏電影內很多來自不同地域的角色出場，如東莞仔、葡國人等。與少數族裔一樣，這班人的角色通常較為平坦、被動及容易受驚。《神探》內便有印裔男孩持槍抖震的畫面。這亦反映了罪行化與受害化（Criminalization and

Victimization）的情況。一般社會對其他膚色人種的觀感及針對他們的新聞報導，相對高加索人種，總是更極端的。這絕對有礙於追求廣泛的社會公義，甚至導致二次受害（Secondary Victimization）的情況出現。前例有趣的一點是，現實中常被歧視的印裔男子在電影內可以是加害者，卻有可能因脆弱而再進一步受創。在電影裡以撥亂反正，也可以錯上加錯，可說是戲劇的嘲諷了。

杜氏喜於拍攝黑夜，擅於利用燈光營造氣氛，很多時候都在市區或工廠區如觀塘取景。相信大家對任達華率領的《PTU》在無人的黑夜長街下遊走一幕不會感到陌生。類似的畫面不約而同地於其他作品出現。時間為黑夜，空間設定為無人的街道，正正符合了「因罪惡而生的恐懼」（Fear of Crime）的定義。

讀者或者會產生一個疑問，杜氏沒有受過專科學術訓練，是否「導者無心，觀眾有意」？ 雖然解構主義確有「作者已死」（The Death of the Author）一說，

可是電影作品往往要涉及對社會的細緻觀察，才能觸及有意義的問題，繼而觸動觀眾情緒，引起共鳴。黑夜在多個文本裡比喻性甚強，可以誘發觀眾對危險、地下秩序、罪惡頻繁的想像。以上特點不恰好就是大家在深夜無人的街道上，分外害怕成為受害者的原因嗎？

看杜琪峯的警匪片 ： 恐懼篇

前文提及犯罪性在杜氏一系列電影內具流動性。在鎂光燈下，罪惡與犯事彷彿都不容易責難。譬如說，巡邏的警員不是一個執行命令的機械人，人非草木，難以不動惻隱。對老朋友應該一視同仁嗎？林雪在《PTU》中弄丟佩槍，任達華便說：「著得件衫就係自己人。」不走正常程序，承諾一晚內尋回失槍。不管導火線是誘餌還是情誼，警察也是常人，很難毫無瑕疵。公正地說，如此有彈性的執法空間有時會被人責難，對有效執勤而言卻是必須的。警察研究教授 Peter Manning 便曾提及法律有一定程度的含糊空間，警察行事時多數只以法律為依歸，而法律本身不能完全約束做法之餘，也經常不同於實際做法。

回到電影，就算是以殺人作為職業，殺手們也有自己的道德約束。於是在《復仇》內，我們看到以黃

秋生為首的殺手們不能拒絕垂死老人約翰尼・阿利代（Johnny Hallyday）的遺願。他們的專業操守甚至規範自己在失去性命的可能下都一定要完成任務。犯罪在杜氏世界觀內與人性、浪漫、專業，以及其他可敬的特質重疊，於是觀眾不能片面地評論犯罪，更遑論對其產生恐懼。

儘管非傳統，杜氏用他的方式去安撫而非嚇倒觀眾。犯罪在他描述的世界裡有時不是主要的問題，至少不是唯一一個。《毒戰》的宣傳口號為「人心比毒更毒」。古天樂飾演的毒梟被判死刑，他提出以情報及合作的方式替代這一個司法決定，同時伺機而動，最後不單逃不過死刑，更連累劇裡幾乎所有角色陪葬。相比於一般對罪惡的恐懼（即更廣義的 Fear of Crime），杜氏帶出更核心的問題：在死刑或其他極端的剝奪（如《奪命金》內的一袋五百萬現金）面前，人之所以會用盡出賣、殺人等一切極端方法去逃避不幸，是因為他們已經沒有任何可以輸的事物了。犯罪向來是嚴肅的社會問題；但犯罪之外，也有其他憂慮。

十八世紀意大利學者 Cesare Beccaria 提出以確定性、及時性、嚴重性判罰。國際上不少右派對犯罪「零容忍」的做法貌似與此相符，卻只虛有強硬作風，忽略了罪有應得理論（Just Deserts Theory）中罪與責理當符合比例的原則。罪有應得從某方面看就如「報應」一樣。假如罪與責嚴重不相稱，則容易製造問題而非解決問題，造成大家未必樂見的後果。

上一天想離開，下一天想回來

奧斯卡最佳電影《拆彈雄心》（The Hurt Locker）中有一幕，曾到巴格達執行任務的拆彈專家終於離開戰地，回到美國，面對美式大型超級市場裡裝滿一整列貨架的粟米片，以及環境的安逸、平靜，若有所想。未幾他選擇回歸戰場。居然有人想回到槍林彈雨裡去，真算稀奇。也許在戰地長期生活，過後腦海會無盡回放畫面，致使某些時候，有些人會感到生下來就註定屬於那些地方。

實地研究學家本來就是稀有的存在，職責可以是順著人群逃跑，也可以是朝著逃難人群的相反方向衝，專業和合理地作真實的紀錄，記下歷史真相，也記下人的情感，之後分析立論。掛著不相稱的頂級學府名譽頭銜和記者級別的專業裝備，在國與國、城與城、年和月、日和夜、人與人之間穿梭，持續跌跌撞撞的生涯，惹來身邊人的擔憂，也惹來

身體上的傷患。日子久了，就會進入一種既清醒又模糊，肯定同時否認自我的複雜狀態：

那怎樣看都不是正常的人生——可是這年頭，甚麼才叫正常呢？

假如世人不全是虛無主義的信徒，真實的人生本來帶著意義與使命，我們必須學會接受，現實有時跟夢想格格不入，也談不上甚麼即時見到的意義，而且爭取的未必會得到，得到的未必想要。說甚麼天降大任於斯人也是誇大其詞了，至少咬緊牙關也要對自己說：這些事本來就是有意義、應該做的。

小時候以為大人們負責抓住掉崖的少年，長大後才知道麥田沒有捕手，我們同往深淵。世界不應該是這樣的。

有一次清晨回家，睡到下一夜，穿起印上長途機摺痕的西裝，到城中最古老的私人會所出席場合。大門上寫了「閒人免進」。侍應遞上預喝酒（Pre-drink），拿一杯，聽嘉賓官腔的語調和頭頭是道的

見解，看人人斯文有禮，衣著稱身大方。場景跟昨日相比，恍如隔世——等等，哪來隔世？明明可以跟紳士同儕一樣，安分地過光鮮生活，為何要自討苦吃去冒那種吃力不討好的險？

做沒有任何人在做的事，好像叫做不理性。要理性，才稱得上是一個上流人，是嗎？

考察後回到校園埋首理論工作。劍橋是保留了近千年人文歷史的古城，時間洪流下，所有事都是瑣事，所有人都是閒人。在典型的英倫下午，頂著造工精緻的費多拉帽（Fedora），穿上仔細挑選的深色西裝背心和英格蘭西裝，襯好書院袋巾、兄弟會徽章，褲腳捲上兩捲露出淺色的底布，配一雙討好的襪子和一雙棕紅色皮鞋，走進外觀端莊如博物館的古典大樓參加研討會。享用著白酒與冷凍的英式點心，聽他們吐出專有用詞，不著痕跡地透露履歷。一天完結前，回到書院裡佈置奢華的社交空間（Middle Common Room）談談「人們」對社會契約論的誤解，或邀請好友到房間嚐一杯威士忌。

一口嚐下去，如酒、如茶、如煙灰，又如安逸的日子，量一多，人就暈眩，想回去了。

「世上最有名的哲學論壇」
劍橋大學道德科學俱樂部（上）

華語世界中很少文章講及這個對哲學世界影響重
大的俱樂部，或者可以由偉大的哲學家維根斯坦
（Ludwig Wittgenstein）開始說起：

「……在劍橋優等生的定期討論會道德科學俱樂部
（Moral Science Club）裡，維根斯坦長期（有些矛
盾地）掌控著主導性的發言權。有人說，劍橋的道
德科學俱樂部是世上最有名的哲學論壇。」（出自
《哲學新媒體》上「『維根斯坦現象』與 SSK 社群
的浮現」一文。）

參考《維根斯坦傳》二零一一年版，根據維根斯
坦俄語老師 Fania Pascal 的描述：「構成這一學生
團體的『英格蘭中產階級的兒子們』（Sons of the
English middle-class；「Sons」在英語亦泛指後代、

某地人物等）身上具備了當維根斯坦弟子所需的兩個特點：孩子般的單純（Childlike Innocence）和第一流的大腦。」作為該會（以下簡稱「俱樂部」）的成員以及發展維根斯坦學說的學者，我很希望透過這篇文章簡單介紹它，以及概述其現況，畢竟相關資料在華語中似乎並不算豐富。

這部分的資料來源，除了網路連結，全部來自俱樂部的官方網站資料。有關俱樂部的最早文字紀錄要追溯到 1874 年。第一次聚會由後來成為哲學教授的大學生 Alfred Caldecott 主講，與會者有三十人，跟今天的規模相若。它是一個出版及討論哲學論文的地方，在具詩意的華麗措辭背後，俱樂部是一個充滿思辨矛盾的地方：

「如果像維根斯坦所相信的，哲學是心靈的一種惡習或疾病，那麼劍橋大學道德科學俱樂部就是個高級妓院或痲瘋病患群居地（High-class Brothel or Leper Colony），墮落或受苦的人可以在這個有格調又隱靜的地方建立友誼。」

同時，官方亦陳述了俱樂部跟分析哲學在歷史上扮演了重要角色。劍橋大學向來是匯集偉大哲學家之地，因此俱樂部亦成了一些重要文獻的首次發佈地，尤其是分析哲學。分析哲學的不少創始人及主要提倡者都在此發表過，包括摩爾（G. E. Moore）的《判斷的本質》（Nature of Judgment）、羅素（Bertrand Russell）的《經驗主義的限制》（Limits of Empiricism）等。維根斯坦不但活躍於這俱樂部，而且也保持著最短演講辭的紀錄——即是 1912 年，長度為四分鐘的講題《哲學是甚麼？》。他將哲學定義為「在沒有各種科學證明前，所有被假定為真的基本命題」（"All those primitive propositions which are assumed as true without proof by the various sciences"）。

在 1944 年，摩爾因健康理由卸任，維根斯坦接任成為主席，官方引述其他與會者說：「他給人的印象是，首先，以自己未研究過其他哲學家而自豪……其次，他認為研究他們（其他哲學家）的人都是學院派，因此不是真正的哲學家。」

「世上最有名的哲學論壇」
劍橋大學道德科學俱樂部（下）

官方認為戰後幾乎所有重要哲學家都曾在此演講，
不少前成員往後會繼續在哲學界發展，現時會務多
由幾位博士生擔任的祕書負責。學期內幾乎每個星
期都有講座，邀請不同地方和領域的哲學家演講。
以二零二零學年為例，講者有劍橋本身的學者，亦
有來自美國麻省理工大學、紐約大學、斯德哥爾
摩大學等學府的講者。雖然有很多題材是抽象、
「純哲學的」，如本體論（Ontology）、經驗主義
（Empiricism），但也有不少是跟現實有關的，像
調情、指責等等。另外，由於英國當時疫情嚴重，
俱樂部內有聲音建議改為永久線上舉行聚會，目前
為止似乎未有定案。

前述是比較籠統的描述，以下我選取了幾個演講學者
與講題，讓讀者具體了解俱樂部的活動內容：

- 麻省理工學院哲學及女性與性別研究教授 Sally Haslanger 演講的「政治認識論及社會批判」；

- 伯明翰大學哲學教授 Lisa Bortolotti 演講的「錯覺與身份」；

- 聖安德魯大學哲學高級講師 Justin Snedegar 演講的「虛偽與指責」；

- 劍橋大學哲學教授 Alexander Bird 演講的「反對經驗主義」（Against Empiricism）。

成為訪客嘉賓、成員甚至講者自然都是值得哲學人光榮的事。在劍橋，類似俱樂部能令人大開眼界的地方不多。由於並非為了特定的課堂任務、純粹增添工作履歷或者學術評估，俱樂部給人的感覺比較非正式、放鬆。作為成員期間，我感到在俱樂部所接觸到的比不少教研事務更具啟發性。這不代表課題或講者不認真嚴謹，而是大家態度比平時更開放，更少拘束。講座清單及電郵通訊中甚至沒有顯

示教授或博士頭銜，只有名字及所屬院校。講座前一般會收到電郵，內有摘要或完整文章，供準備之用，單單閱讀便令人心曠神怡。其題材十分豐富，可以形容為廣泛而且沒有限制：由科技到溝通，從自由到難民，目不暇給，都是大家平日在各自細分的學院部門內未必接觸到的。這些體驗跟劍橋平日的教研事務都十分不同。

另外，華語學生一般多在劍橋修讀應用學科、理工科、商科，同道為數十分少。感覺是，哲學巧思縱然未必是可直接應用的事物，可是對不同課題的思考角度，即使有時略為宏觀或者細微，都會對思維、眼界有莫大裨益。至少在著書時，經常間接用到一些學到的文路思路。

至於文首引文說的「劍橋優等生的定期討論會」、「世上最有名的哲學論壇」等等，我沒去過很多其他國家的哲學論壇，自然無法得出「世上最有名」之類的結論，這些說法更多時候是客套謙詞。但我觀察到，可能由於劍橋師生水平高，加上哲學家好

思辨的傾向，俱樂部內的思研水平不論放諸劍橋、牛津，或者華語地區、英、法等地，確實都是我見過數一數二的。

由於不少提交到俱樂部的論文屬於發展初期，概念未必就是最後較成熟的成品，故閱讀、聆聽起來需要耐性，不過也就代表著，與會者的提問、意見和因此而起的討論，說不定會影響下一個偉大哲學思想的產生。

註 ： 感謝《哲學新媒體》在二零二一年刊登了這篇文章、提供寶貴的修改建議及在我抱恙時表達的包容和關懷。

夢 囈 篇

研究至死

二零一六年初，一名劍橋大學博士生在埃及被綁架虐殺；一年多後，其代表律師亦在前往日內瓦參加聯合國會議途中在開羅機場被消失。當時的我不禁思考，到底一個人要熱血到甚麼程度，才願意犧牲性命去達至一些更重要的目標。這在研究倫理學中也是相當重要的一門課題。假設有人做的是批判性研究，為的是以通過揭露社會問題，達至社會公義，他做的研究便不只對研究對象產生風險，甚至對自己造成一些麻煩。這些麻煩很多時可能只是經費、 院校支持等問題，不少少數例外往往才是最值得人們關注的極端例子，譬如上述的博士生一樣。

每位須要進行實地考察的博士生都必須事先繳交一份詳細的風險評估表格和研究倫理申請書（Research Ethics Proposal），並清楚羅列有可能發

生的最壞情況。課本告訴我們，就算在一般訪談時，也曾經出現受訪者突然情緒失控繼而自殘的情況。現實中，如果研究人員知悉該研究的風險很高，首先行政上他必須重新評估應否繼續進行；其次，如果在風險評估表格上明言，則可以預期該研究幾近不可能通過研究倫理委員會的審批。以上的程序考慮之外，還有很多非體制上的關卡，包括導師和部門上頭的反對，身邊人的憂慮等等，不贅。

說了這麼多，其實只想說明，提出道德問題本身就是一個道德問題。如果有學者致力將研究視為實踐（Praxis），自然會有一種影響研究對象的傾向。如此一來，尤其是當其人要帶來實質改變時，便不得不被捲入其中，甚至乎身受其害。這到底是不是一種社會問題的終極形式的彰顯？如果當初他的導師出言阻止研究進行，今天便不會有更多的討論、反思，甚或制度改革；可是一樣的道理反過來想，我們當然希望他出言阻止。這樣旁觀者到底是否道德？

如果一個個佔用資源並聲稱改善社會福祉的研究出現後，一切變化只介乎皮毛與沒有之間，又合乎倫理嗎？

古卷小說外篇 ： 異原點 (一)

寒流襲來。我披上皮革外衣，收拾凌亂的辦公室。據說守業比創業更難，因此我本來並不打算馬上執業，而是到外國交流實習，美其名積累臨牀經驗之餘又可尋專科發展路向，實際上是拖得就拖。我自小於父蔭下成長，使我不愁衣食，但迫使我要愁出路和執業診症的是身為出色醫師的家父，就是因為「子承父業」四字。為免更多爭拗，今年初我以他買的開蓬跑車作為抵押，向銀行借貸，掛牌執業。

天色漸暗，我仍然在等待第一名求助者的來臨，開著電視觀看晚間新聞。由於室外光線漸弱，電視屏幕的光芒炫目，光暗落差漸大，無法看清房間四周。到有人按門鈴，走進來坐下時，我只朦朧地見辦公桌前坐著一位年青人。我打開燈，方見到其外觀。

「最近天氣太冷了，如果可以待在家裡多好呢。」
他說。

「不知道你貴姓？有甚麼可以幫忙？」我用誠懇可
親的語氣問。

「甚麼幫忙⋯⋯ 不如你替我寫一份報告，評估一下
我現在的身心狀態？」

「當然可以，舉手之勞。這份報告是為了甚麼用
途？」

他認真地回答 ：「我需要點時間想想。」

他說話時不喜歡直視對方，身體活動有時略為不協
調，不過並無大礙。聽其言，觀其行，面前的人說
話算是流暢和有自信，我至少可初步撤除一些語言
表達的障礙。這跟我以往接觸到的例子似乎不太一
樣。當然，我才剛執業，經驗只是在學時期獲取的。

「依我看，不如之後一個月你每星期來一次，跟我聊聊天，讓我詳細地評估和觀察一下，或者結果會更全面。」當時電視上正放著晚間新聞後的天氣預告，我捧起咖啡，思量著下一步應該問甚麼才好。

「你有時間嗎？」他見我臉色好像不對勁，接著說：「讓我告訴你一個朋友的故事，你聽完之後可能就會明白了。

那天寒流襲港。我披上皮革外衣，收拾凌亂的辦公室。據說守業比創業更難。果然，創業後的數小時，我只能以黃昏時段的電視節目勉強地守著。電視屏幕發出的光使周遭變得昏暗，待回過神來燈，才驚覺平時放在辦公室門口，大約半米高的馬頭雕像被人高舉著，下一秒我已經被打暈，昏過去了。

張開雙眼，我發覺自己躺在一間病房裡。連一身的衣物也被換成白色的病人裝束。窗外正下雨，狂風搖曳大樹。交通燈剛剛轉綠，幾個行人撐傘過馬路。我注意到其中一個人手持一把透明的傘，清楚見到

傘骨架和他腳下一小圓圈比旁邊略為乾燥的路面。
『你是……』

可能因為頭部受撞擊，我居然沒有辦法好好地辨認
出眼前這名醫務人員的樣貌。

『這裡有一枝鉛筆，一張白紙。』他拿起它們，放到
我前面的桌子上說：『嘗試在上面畫一個圓。』

我心想這肯定是用以判斷我腦部受傷程度的測試。
肌肉微酸，我提起筆，用心畫出一個圓。

『接著，請在底下的一張紙上畫出一個最簡單的立
方體。』我自然地畫出了一個典型斜放的立方體。
我注意到醫生眉頭輕輕一皺。

『等一下。』我重畫了一遍，這一次只用了四根直綫。
醫生拿起了兩張紙，轉身離去。『醫生，請問……』
房門打開，氣壓擠進一股暖氣。醫生頭也不回便走
了。第一天晚上的晚餐是青豆、魚和白飯。

第二天早上起來，天色非常晴朗。我托著隱隱作痛的頭，走下牀來。街道依然潮濕。我摸著裡外乾淨得難以置信的玻璃窗。戶外陽光普照，除了醫院大樓之外，其他建築物都空無一人，不是拉上了窗簾，就是漆黑一片。醫院對面是一座三層高的小房子。在商業大廈林立的市區中顯得有些格格不入。身處的病房大概在十幾層，看到小房子的天台。天台上放了一把太陽傘和幾張椅子。跟平常的沒甚麼兩樣。小房子前種有一棵大樹，旁邊有一間紅頂狗屋，一隻小狗正圍著它跑來跑去自娛，絆倒。

我仿佛嗅到窗外白天的朝氣，想開窗呼吸一下。玻璃因陽光發熱。我看一下，找不到任何開關。『這也很正常，畢竟是在這種地方。可是，哪有醫院不准許病人呼吸新鮮空氣？』我往門口走過去。『上鎖了？』我大力拍門。『請問有人嗎？我給反鎖著了！』

頃刻間內心凌亂，想起被兇徒襲擊、入院卻未見家

人、只見冷漠的醫生，背上湧起一股寒意。為甚麼要把我囚禁起來？好不容易考上執業牌照，卻在開業首天給離奇地綁架了。

『這是甚麼玩笑？』外面下起冰雹，啪啦啪啦打在窗戶上。」

「等一等，在亞熱帶地區很少見冰雹呢。而且你不知不覺間說漏了風聲，你的朋友就是『我』？我指，就是你？」

「先讓我認真地說下去：

室內除了病牀空無一物。『我要想方法自救。』我用力往上拉，想把牀推到窗戶旁邊，心中希望街上不會碰巧有人。正當把牀對準窗戶時，門登時開了。幾個保安人員衝進來，其中一個拿著一枝針筒。

醒來又是一個早上。牀架給牢牢釘在地上。我抱著隱隱作痛的頭，醫生跟往常一樣地步進來，手上拿

著幾張表格，我注意到他微鼓的口袋。

『醫生，請問……』

『請你細心閱讀問題，然後把答案寫在答題紙上。』

『醫生，告訴我，這裡到底是甚麼一回事？』

『限時三十分鐘。當時間只剩下十分鐘、五分鐘及一分鐘時，我會通知你。』

『求你不要走，醫生。』

『開始。』

……

夢 魘 篇

古卷小説外篇 : 異原點（二）

......

開始作答？這社會總要人作答，總要人監考，來維持著制度。大家在制度中來來回回重複又重複。

醫生面有難色，看來他也同情我的遭遇。他略略把頭傾側說：『作答吧，不然他們甚麼都做得出來。』

『醫生！』

他們甚麼都做得出來？他們究竟是誰？我不作答，他們又會對我做甚麼事？我想起護士手上的針筒，不寒而慄。又想起這些基本的認知測試跟我小時候做的很像，是夢魘嗎？屈服於暴力下，我努力作答。三十分鐘後醫生回來。

我決定開口問道 ：『醫生，你口袋裡面是甚麼？』

醫生詫異地看著我，走近，偷偷塞了一盒東西在我枕頭底下 ：『造一隻鳥出來。』

好不容易到了晚上，房間內伸手不見五指，就連窗外也是全然黑暗的。我伸手往枕頭底探去。這是一個奇怪的木製裝置，我順著它的表面摸，彷彿摸到像七巧板的可移動機關。『難道是暗號？抑或是地圖？』我仔細摸著，卻始終摸不出頭緒。或許這只是一個普通消遣用的玩具。我失望之餘，隨手靠觸感拼出了一隻鳥。

一天復一天，我在回答問題和拼動物當中度過。每當任務完成後，我掀起枕頭，醫生總會面露高興的神色。我拼過的動物有鳥、老鼠、貓等等，甚至有恐龍、怪獸。食物都是清淡又健康的，除了白飯，還有各種蔬果和水煮的肉類。

一天，我又把握機會跟醫生說話 ：『你說，我每

天在幹甚麼？除了答題，就只能看看窗戶外面圍著狗屋跑來跑去的小狗，還有細心分辨下雨時總會出現那撐著透明雨傘的人在哪。到底發生甚麼事？每天我都像回到原點，重複在相同的地方做著相似的、沒甚麼意義的事。我快崩潰了。』

醫生低聲說：『你有這種能力，是幸運也是不幸。不管怎樣，你每天藏在枕頭下，用木製裝置拼的圖案，是我離婚後跟女兒見面，逗她開心的方法。你的創意使我們吃驚——那是一種愉快的驚訝。』

我抬頭，看到醫生的神情。我掀起枕頭，他看到我昨夜費盡心思完成的蝴蝶。

『謝謝。』

『這不只是包含著你對完整家庭的期盼，還是我現在唯一的娛樂。或者道謝的應該是我。』望向窗戶外面，我又苦笑道：『經常看到對面房子的天台，那張在太陽傘下的椅子，總想坐上去，享受日光

浴。既然出不去了，我情願看不到它。不過你放心，我不會自尋短見，因為我相信，我還活著，就必定有逃出去的機會。』

當晚睡眼惺忪，好像窗戶外的景物都在異常地晃動。一覺醒來，我如常地吃了牀尾架上放著的牛奶麥片，在房間來回行走散步。然而在其中一次步至窗戶旁邊時，我感到一絲不協調。陽光、大廈、道路和兩旁工整的大樹，都跟平時沒有兩樣。

『到底少了甚麼呢？』恍然大悟。『少了椅子？不，是 …… 是對面的房子給蓋高了 …… 這怎麼可能？沒有工人，沒有吊臂，沒有噪音。一夕之間，對面三層高的小樓房居然跟我身處的這一層一樣高？』想著想著，醫生又來了。『醫生，你有發現窗外有甚麼不一樣嗎？』

他看都沒看便問：『甚麼？』

『對面那座小房子，居然一夜之間，毫無施工痕跡

便建高了。』

『你昨天不是說不想見到他們屋頂上那把太陽傘嗎？那現在應該高興了。』

『我當時只是隨口說說而已。這⋯⋯難道⋯⋯』

答題過後我出示枕頭下的孔雀。

每天這個時間，我都會在牀上坐好，等待醫生出現。可是今天進來的卻是另外一個人。」

「咦？之前的醫生去哪了？」

「你要有耐性一點。」

「你不會說窗外是幻象吧？我認為這可能是出於你的童年陰影，你不太喜歡小時候被人密集評估的經歷？當時測試的設置讓你感到不適，又礙於年紀小無法反抗是嗎？」

「不管怎樣。先容許我繼續：

『請任意寫出一句完整句子，當中須包含二十六個英文字母，且不可重複。時限為一小時。』

那一小時內，我用了十五分鐘隨便寫出那句子。我沒有方法不去想醫生先生究竟去哪了。已經天暗天亮了二十遍，醫生先生從未缺席過。此時我猛然想起昨天掀枕頭時，因心情不錯，掀開的幅度比平時大出了不少。不祥的想像畫面在腦海飛快地掠過。莫非是這裡的醫生根本不可以跟病人有工作以外的接觸，所以醫生才給解僱了？側臉看密封的窗戶。還是醫生先生已把我當成朋友，想把我帶出去，才會出事？

『作答完畢。』那人收卷，正開門鎖。我見機不可失，突然衝上前，企圖奪門而出，成功把他撞到一邊去。我環顧四周，長廊的末端看起來是走火通道，而右邊則是一排出口。『想走？』背後的人明顯受過訓練，在我遲疑著該往哪邊走時已迅速站起

來並朝我打下藥針。

醒來時已是晚上。我又回來了。啊，沒有出去，又哪有回來這回事？人總以為走出去便是走出去了，哪有這麼簡單？逃來逃去，無異於站在原點。

『頭好痛……失敗了。』我嘆了口氣，摸黑走到門前。『幸好。』我抽出剛才偷到的小鐵絲，本來是用來夾著文件的。『沒想到這種小伎倆竟然可以大派用場。』

三星期後重獲自由，內心無比地興奮。我走過了約二、三十米，聽到其中有一個房間，深夜裡依然有機器運作。我好奇地推門而入，發現裡面盡是紅色的訊號燈，場景似曾相識——是在哪一本小說內提過嗎？映照桌上零散的文件。我拿起就近的一張，上面正是我第一天住院時畫的圓。我搖搖頭，好像這樣做能使腦袋清醒點。看下去，才發現他們根據我筆跡的用力程度，深淺快慢，作出了好幾十張紙的分析。我還在其餘文件中發現之前那句用二十六

個字母組成的句子和對該句子種種解碼般的理順。

此外，居然還看到我替醫生在木盒上拼過的各種組合。報告中更提及了精神分析測試和幾個前國家的名字，包括一個九十年代初才統一、在幾十年前的大戰時期進行過殘暴優生學實驗的國家。我腦內好像有讀過的小說中的日耳曼人和猶太人在分別說話。

不論是測試人還是異人，都是圍著原點打轉。優生不出甚麼，超生不出哪裡。

再讀文件，看他們的篇幅和認真的程度，是嚴謹的科學研究。慢著，科不科學又有甚麼關係？

『他在這裡！ 快抓住他！』

我不曉得多久後才在昏迷中蘇醒，反正每天的窗外日照都一樣。又回到原點了。想起『昨天』發生的事情，或許十分矛盾地，知道做的事不是毫無意義

之後，我對現狀的感覺產生了變化。

那人又來了，並給我新工作。工作過後我向他提出幾個大膽的要求，他居然一一答應。於是一夜之間我的房間堆滿了想看的書，牀邊多了一台跑步機，窗戶上亦加裝了窗簾。我甚至第一次親手種植向日葵，只是它總不懂正對窗外陽光確實讓我有點懊惱。

又天暗天亮了二十幾次。一天，來了一名律師。

『我從小道消息得知你的存在。今天總算有帶你出去的機會了。』

『出去？』就像被動物園飼養已久，園內的閘門打開了，我卻不知所措。

『對，我的委托人是一名偵探，他還手握幾名社會上流人物的支持信，因此你不必擔心重獲自由後的安全問題。』

我默不作聲。假若可以出去，假若可以出去⋯⋯
這個問題我一直以來問了自己多少遍？然而現在
我的腦內居然一片空白。

『我⋯⋯』

『不用著急，下星期我會再來，到時候會跟你詳細
地交代一下。』

那天晚上，我站在窗邊，看頭上明月。『我在跟律師
會談時究竟在猶豫甚麼？』月光下一切明媚。我想起
歷史上的 T-4 行動。原來安樂死還有一重意義——
安樂至死。

『我知道自己在做甚麼嗎？街上的一切，重複又死
寂，難道我已經甘心一輩子困在這個了無生氣的房
間裡嗎？』頓覺自己居然給這怪異又絲毫不合法的
經歷磨平了稜角，不求出路，實在不爭氣。無名火
起，隨手執起盛載向日葵的花瓶，往玻璃窗摔過去。
窗戶隨聲破裂。一股熱風迎面吹來。病房位於十數

層高，空氣卻沒有流動的跡象。我探頭望，花瓶裡濺出的水在街路上並沒有反映天上的月光，而是刺眼地以紅的藍的綠的奇異光線晃動著。夜裡兩旁連綿的大廈，以至整個三維空間以詭異的顏色映入我的眼簾。我睜大眼睛觀看，即使心中早摸索到端倪，仍不禁抱頭問：『這是甚麼回事？』此時身後的門被打開，幾人湧進，卻誰也不敢往前多踏一步。

古卷小說外篇 ： 異原點（三）

......

『不要有輕生的念頭，回來吧。』

『對了，只要我跳下去，就可以馬上逃離這裡了。不管外面世界是怎樣，不自由，毋寧死。』我神經錯亂，腦海中又有一把聲音對我說 ：『甚麼自由，沒有性命哪來自由？ 還是 …… 擋著終極自由的，正是對生命的執著？ 』

我深呼吸，抬起頭來。臨死前倒想得透徹了點。這關頭說甚麼自由？ 自由這可貴又可恨的東西就是失去了才見價值的。失去了就會頓覺如果有自由我們便會大膽做些甚麼，同時忘了即使往日自由時，也沒做過吃喝以外該做的重要事。我緬懷的是以前沒行使過，而如今幻想著的自由。

緬懷的不是元件，而是某年代的原點。

『先吃點東西吧。』『他瞳孔依然不自然地擴張。』『那個只是你受驚過度才會看到的幻覺⋯⋯』

『離開了，感覺怎麼樣？』見我腦海空白一片，律師自言自語說：『好的，我照著辦。』說畢站起。門後來了兩名身穿整齊西裝的男子，其中一名說：『管理層改變主意，決定履行之前承諾的義務，以完成計劃為前提。』『我沒有興趣知道你在說甚麼，只知道你們的行為並不合法，而且我手上有好幾位名流的親筆簽名信⋯⋯』『希望你可以跟我們來，好等我們的法律代表向你好好解釋清楚。』律師面色發青。那時我想他應該會像之前的醫生先生一樣消失。不出所料，之後我再沒有見過他了。

跟律師見面之後，他們把窗戶加固得更厚實了。我嘗試過跟對面大廈玻璃窗上的自己揮手，就跟平時對鏡子做的一樣，可是感覺總有點彆扭。可能是因為心理作用，我總覺得對面的我有點跟不上動作的節奏。

天又變亮變暗了十來遍。後來我被安排移至另外一個『安全地點』。」

「你指這裡嗎？因此你才會不趕時間。」

「在整個路程上，我都給蒙著眼。途中車子好像給甚麼攔住了。司機打開窗戶，回答一個遊客的提問，由於語言問題，幾人好像怎麼說都說不清，糾纏期間，突然情況逆轉，車廂內一片混亂。我聽到有幾名男子被擊倒的慘叫聲。之後我終於重見光明。

車廂外滲入朦朧的光線，我總算看得見眼前的一名男子。定神後，才看到他身穿剪裁優雅大方的三件式西裝，頭髮梳理得體，又有一兩根頭髮隨性地垂在額上，有如舊年代電影中的俊俏主角。

『你得救了。』說著把暈倒的護衛統統拖到路邊草叢去。他檢查一下車身，發現了幾個追蹤器，扔到地上狠狠踩爛，跟我驅車絕塵而去。

『你是誰？』你是誰？我是誰？醫生是誰？

『你知道得愈少就愈好。之後會慢慢明白的。』

『你 …… 我們在回家嗎？誰的家？』在框架的框架中，我思緒凌亂。

他瀟灑地笑道：『你不要回家了。你家人都安好，不用擔心。』

『那我該去哪？』

『想去哪就去哪。不然你真的辜負我們了。其實令他們出現的人是你；可以讓他們人間蒸發的人也是你。接下來，就看你有沒有勇氣站出來，做實際的事，不要再妄想生活是生存，不要再在原點打轉。要詮釋出人生意義來，彳亍向前。我們未必可以終止一切陰謀，不過星星之火足以燎原。』

車子往看不見的公路盡頭駛去。

『他們神通廣大，肯定有辦法把我揪出來的。』他不語，我接著說：『我不可以連累你們。』

『那你打算怎麼辦？』

過了一會，我看到公路旁有一輛車子，一對夫妻正靠著它抽煙。『停下。』他果然當即停下來。『有沒有錢，借我用一下。』」

「然後你就用那些錢，讓那對夫妻把你載到這兒來了？」

「他們見我的精神狀態，說在市內有一個可信的朋友，可以幫我處理一下，也正好暫避風頭，冷靜下來再說。醫生，很抱歉打擾你了。」

我友善地回應道：「既然是那位偵探朋友安排的，即管在這裡放心坐著，休息一會。他自有分數。」

我獨自坐著看電視。

電視上輪流放映著世界各地的天氣實況。其中一個城市的攝錄機器出現故障。死點胡亂釋放紅藍綠三原色。

城市全黑，方能發現萬千當中有孤單的一點掙扎著要發亮。電視上正播到歌曲中的幾句：

誰要這個好夢／夢陸地血紅／紅海都不痛
誰要這種供奉／奉造物掌控／控生命滿空……

敬請期待正篇《古卷二部曲：超憶族》。

人文簡讀

接下來是以往刊登於《關鍵評論網》的一篇文章節
錄，是里程碑，也是這本散文集裡除了品味隨筆之
外，填補文史哲作品以增添深度的合適之選。怕悶
的讀者請放心，我特意把文章剪裁得盡量短一點，
讓入門者都可以稍為了解一些前沿思想上的討論。
首次閱讀又感興趣的話可以在我的其他著作中找尋
連繫；再次讀到的話便請將文章置於以下的文本
背景中細味多一次，可望產生新看法。

寫完之後再讀，覺得這本身也可以是獨立看待的短
篇。雖說這些都不是本書的主菜，不必執著搞清楚
每個細節，但都是我珍而重之的學問和人生思考，
之後也相繼成為了論述書的起點。假如細心閱讀，
必然發現不少值得斟酌的地方，還望瑕不掩瑜。

有幾個概念我覺得是值得先討論一下的。首先是主

體。主體一詞的運用向來模糊不清，在進行跨學科的討論時，這個問題會放大。不同學科如哲學、性別研究、文化研究都有不盡相同的描述。如果聚焦香港，有關主體的討論屢見不鮮，例如文學上就有西西寫《我城》；文化觀察上有陳冠中寫《我這一代香港人》；亦可見盧兆興教授的著作，此處不盡錄。近年無疑由於大環境轉變，這些討論再度回到主舞台。主體的尋求看來遠未靠岸。當然，我們有理由相信，處於瞬息萬變的香港，也處於全球化與本土意識激烈碰撞的年代，主體尋求更似是恆常的心理狀態。

除了特定時空的影響之外，主體的形成亦具有多面向的特質，例如宗教方面。本地可參考早期中式宗祠，有興趣者可詳閱劉蜀永的《簡明香港史》，甚至丁新豹的〈殖民體系的建立和演進〉。十九世紀有一段頗長的時間，社會上既有剛成立的正規秩序維持團體，亦有本地的士紳階層及傳統社會結構。那些社會人士皆在主體構造上擔當不同角色，跟今時今日對團體的角色、功能、動員方式上的理解大

相逕庭。這種宗教性跟民族能叫人赴死的精神是有關的。不論在互動或構造層面上，都有理由相信二百年後回看現況同樣會感到匪夷所思。

社會學上，主體的思想概念對於研究正統性之類的問題頗有啟發。當談及各種社會架構的認受性時，包括受韋伯（Max Weber）影響的學者 David Beetham、Ian Loader、Anthony Bottoms，多由上至下討論，至於權力受眾認受（即 Audience Legitimacy，某程度上又相關於 Sub-Nationalism 或 Peripheral Nationalism，見 Sub-Nationalism（Sybblis & Centeno）和方志恆之研究成果）乃至民間族群意識的連繫，則位居稍次的位置。

如果有人有足夠耐性，可以作出一個飽和的統計樣本去理解當代文化、語言、身份的已存界限。這正正是經時間累積的認可、默認、未能有效反對的結果。如果我們利用 Ernest Renan 的日常公投（Daily Referendum）去思考，顯然這個過程是不折不扣存在的，並且在現代逐步變得更重要。以此推論，似

夢囈篇

乎是殊途同歸的理性鐵牢（Iron Cage）。不過我的想法是正面的，說是過程主義者也不為過。

承蘇格拉底所言，「未經自省的人生不值一活。」（An unexamined life is not worth living.）對題文，對城市，皆甚恰切。

「小學都有教人類係一個社群」（上）

近年愈來愈多人引用共同體一說。誠然，Benedict Anderson 的《Imagined Communities》成書後，在圈內引發極大討論，更有不少人認為是經典；中譯本《想像的共同體》面世後亦成為不少國族主義者的理論基礎。《想像的共同體》寫得如此出色，本文章用意絕對不在批判，而是分享閱讀後一些簡單的想法。引用者愈多，該理論中的一些用詞便愈發引人思考。瑕不掩瑜，卻需要慢慢推敲一下。

所謂的「共同體」是意譯的詞彙。英語中的「Community」一詞，用途頗為一般性，更常見的中文翻譯大概是社群、社區，好像我們常用的少數族裔社群（Ethnic Minority Communities）、英國足球的社區盾（Community Shield）、美國升學的社區書院（Community College）。相比之下，共同體在香港的日常用語中比較冷僻。讀者可能已經注意到

一點：《想像的共同體》說的與其說是共同體，不如直接說是民族（書中翻譯為「Nation」）。

書中描述了這個歷史過程。跟以往由拉丁語主導不同，印刷術促進了某些地方的群眾之間的交流。這些人互不相識，卻因為方言產生一種共同的體驗和意識，以及一個個想像的共同體，慢慢發展出現在我們所見的民族主義。有關民族的用詞，作者下了精確的形容。民族是有限而且有主權的，而且「民族被想像為一個共同體，因為儘管在每個民族內部可能存在普遍的不平等與剝削，民族總是被設想為一種深刻的、平等的同志愛。最終，正是這種友愛關係在過去兩個世紀中，驅使數以百萬計的人們甘願為民族——這個有限的想像，去屠殺或從容赴死。」

相反，「何謂共同體」似乎更基本，卻被放在一邊。書中有一段：「當我對法文書名《L'imaginaire Nationale》（民族的想像）表達我的保留之意時，他（指法語翻譯者 Pierre-Emmanuel Dauzat）回答說

英文的『Community』一詞隱含著社會性的溫暖與團結之意，但是在法文裡面並沒有與此相當的語詞。法文的『Communauté』一詞（如 Communauté Européenne ；歐洲共同體）則帶有一種不可避免的冷淡與官僚之感。」

作者肯定清楚用語在不同語言的表達可能產生的歧義。而讀後大部分人應該都大致信服，民族是書中更重要且須好好了解的核心。我們如何透過資訊傳遞和溝通的方式去「想像」，實際上是在彼此之間有一定社會距離的條件地建構出民族來。「社群」在此處是一個載體，承載產生意義的集體意識，而不是一個分開的、須探究的、新穎的「共同體」概念。

語氣上，說「某地人是一個共同體」似乎比「某地人是一個社群」讀起來更有氣勢和具深意。假如這用詞純粹是修辭式的（Rhetorical）而非本體性的（Ontological），進一步問，有哪裡的人類曾幾何時不是一個社群，或絕對不可被視為一個社群？

夢囈篇

我們常說的共同經驗、共同命運、共同悲喜。那些「共同體」之所以跟一般社群不同，其更偉大之處，似乎性質上跟任何一個社會族群無異，有的是程度之別。

社群是一個基本的社會建構主義想法。試想想所謂社群（Communities）與社會學中另一些常用詞如社會群體（Social Groups）或社會子群體（Social Subgroups）有何分別，大概便想到本質上（有關民族有何、有否「本質」是另一個課題）的異同問題。就好像法國大革命期間的貴族、美國工業城市的毒品使用群體、一家足球俱樂部與它的支持者，甚至計劃到月球建立基地而草擬規條的群體，大多因應環境、歷史、政策更迭等等因素而產生出我們常說的共同經驗、共同命運、共同悲喜。那非孤例而是常態。

「小學都有教人類係一個社群」（下）

社群是有限和有主權的，看起來有點像韋伯式對主權國家的另一種陳述，在現代，兩者更是有重疊的。這是一種 X=Y 的代數式用語。突然之間，便有了民族共同體、命運共同體等新詞彙，可是我們用新詞表達的是甚麼？這不是新事物（Novelty），而是概念替換（Substitution）。社群不是本身就應該具備這些特質嗎？根據牛津字典，「Community」的意思就是一群在同一地方生活或有某種相同特質的人（A group of people living in the same place or having a particular characteristic in common）。

使用者甚至沒有在建立 F 和 F' 這樣的相對參照系統。推而廣之，這可以是三數個人的小群體，可以是 LGBT 群體，也可以是地球村，成員具某些類似的價值觀、文化、取態、生產方式等等。地球暖化

下，核彈威脅下，誰不是命運共同體一員？ 不過，如果住在半山的人尚且無法想像深水埗的生活感覺，大概很難要求遠在巴黎塞納河左岸咖啡廳的時裝愛好者，去想像同一刻地球另一端的人道慘況。跟英語中「Community」及法語中「la Communauté」之別類似，「社群」是「溫暖」的、親近的，「共同體」是相對宏大與正式的，分別不小。

我認為《想像的共同體》中最激盪人心的想法是民族內「從容赴死」的精神。這種極端的情緒加上透過論述化成理性的反應（通常前者佔較大比重），最能分別民族跟其他社群不同的自我保護及侵略機制，故此有戰爭等激烈行為。有時候，不少群體因物質生活豐富而抽離現實生活，便反映了「從容赴死」這精神方面的缺失；他們都在隔岸觀火，不從容，亦不赴死。

到底使用者希望我們建立哪種語言習慣？是基於苦難的一種嗎？如果說這是一種獨有的社會經驗，那麼我們又應該如何描述更嚴重的情況？這裡說

明的用意不在比較誰更悲壯，而是陳明沒有意向的含糊其詞，會有內部崩塌的隱憂。

書中說：「民族於是夢想著成為自由的，並且，如果是在上帝管轄下，直接的自由。衡量這個自由的尺度，與這個自由的象徵，就是主權國家。」出於一些原因，對一些地方及人文產生感情，或許事關重大，亦大可無關宏旨。牽絆往往出於因由，自由是人類的終極追求；可是以自由為名，強加民族主義的枷鎖，世界在變，到頭來我們真的自由嗎？大部分人都會認同，以共同經驗、想像、命運去凝聚群體不是民族主義獨有的方式。譬如利物浦球迷的希爾斯堡慘劇（Hillsborough Disaster），凝聚群體和給予動力的更多是對公義的追求。

說了很多與想像的共同體有關的事，世上又有沒有不能想像的共同體？現代盛行的技術如翻譯、影片、互聯網、社交媒體、通訊軟件等，無疑拉近了社會認知的距離，減緩了方言在傳訊上的排他性及向心力（文化上方言仍然重要），因此會產生一種

「我們知道，但不能想像」的情況。不是痛苦到不能想像，而是純粹跟現實生活太遙遠而無法想像。就算在全球化下，人口、資訊、資本、生產方式、知識在流動，主權國家、民族國家體制盛行，人們依然會產生錯覺，認為「這是另一邊發生的事，我們管不著他們」、「建立這樣的國度就是我們嚮往的自由了」。

然而線性地投射解決方法，把希望放在另一種民族主義或者「另一個民族」的主義，無論國際對我們抑或我們對國際，那邊不能想像的共同體，依然只會維持一種較關注切身利益的做法。我坦承並沒有甚麼真知灼見或處世良方，純粹謙卑地認為關於共同體的日常使用及背後邏輯，或許我們都須思考更多，更加謹慎。

難道相對於建設自身，群體這概念必須透過抗爭，以沙特式「他人即地獄」（L'enfer, c'est les autres）來彰顯嗎？「他人」正正就是二戰德佔時期巴黎人對德國人的稱呼，亦是後殖民主義常用字。人間的

地獄有時不是因為「他人」的存在，而是「他人」的概念盛行。如果一場又一場大國殖民主義和民族主義不斷製造出遍地瓦礫和受害者，人們為何又要用同一套思想去建立自己的存在？如果單純以衝突來描述自己存在為正當，當熱情過後，又如何說起族群起源？

難道「我們」本身不就已經值得存在嗎？

（聽）（河）篇

「去哪裡？」「不知道。」

梵高的柏樹與非現實

有一段時間我很喜歡臨摹梵高的《麥田與柏樹》
（Wheat Field with Cypresses）。梵高以差不多的內
容畫了幾幅同名的畫，三幅是彩色油畫；另一幅是
黑白的，由蘆葦筆和鉛筆畫成（梵高收藏系列序號
F1538）。細節上雖有不同，全部的格局相當。背
景是淺藍的天，給雲朵蓋住了大半，後方是阿爾皮
耶（Alpilles）山脈，右方有一棵柏樹，左邊有一團
矮的植物，地上是金黃色的麥田，包圍著兩個綠色
地帶，最前方有少許紅花點綴。

不少人形容這幅畫時會用上力量、現實的悲哀、熱
情（柏樹形態像火）、悲情之類的字眼。個人看或
許有點捉錯用神。這幅畫沒有太多陰沉的東西，也
沒有太重的喻體，只要對照烏鴉的使用就知道了。
這更多是夏天的畫，包含環境的搖晃和恍惚。有時
不用太勉強地將作者的生平硬塞進去，有趣的地方

有自然湧現的空間。在梵高扭曲的筆觸下，整幅畫充滿生氣，與其說是麥田，不如說是一片麥海。畫中的構圖從左至右，就像潛伏的暗浪，翻打成浪潮，浪尾再逃竄四方，就好像捲軸上的動畫。

《麥田與柏樹》的藝術動機是簡單而直接的。他給弟弟的信中寫道：「我畫了十分黃和十分亮的麥田，可能是我畫過的油畫中最亮的。柏樹常纏繞在我的思緒，我理應好像畫向日葵油畫一樣去試些甚麼，因為我很驚訝它從未被人那樣做。它在線條和比例上，就跟埃及的方尖石碑一樣美麗。」

梵高見到的柏樹，或者說梵高認為前人忽略了的柏樹，明顯是有一種美態，而這也明顯有其主觀、「武斷」的觀察。柏樹跟埃及方尖石碑的美，兩者有何關係？可能交到藝術學者手上是一篇論文，也可以只是直覺上、品味上的判斷。這當中是不用解釋，也無從言表的，可以說是「不科學」。可是，如果讀過卡爾‧波普爾（Karl Popper），便知科學與否，不一定就是正面或負面的詞，「不科學」純粹在描

述事物不可能被辨偽。這也反襯出「科學」經常莫名其妙地被濫用、迷信、崇拜而已。

埃米爾·貝爾納（Émile Bernard）是梵高的朋友，同被歸類成後印象派畫家。那一派的特色是用色大膽，取材於現實但畫風「不客觀」，帶有濃厚的自我表達意味。在給貝爾納的書信中，梵高是如此解釋這種跟現實有異的想像力，對他來說是甚麼：「想像力是一種必須發展的能力。相較於一瞥現實讓我們感知到的東西，只有那樣做才使我們得以創造出更高層次、更撫慰人心的大自然。」（Imagination is a capacity that must be developed, and only that enables us to create a more exalting and consoling nature than what just a glance at reality - which we perceive changing, passing quickly like lightning - allows us to perceive.）

由此也看出對後印象派藝術家來說，「非現實」地創作相比客觀地陳述眾人皆見的事物，需要多一重想像的能力。這不代表要胡作非為地創作出脫離現實的事物，而是基於對現實本來瞬息萬變的理解，

也基於嫻熟筆法（梵高不是一步登天，早期畫風未現，已可見逐漸紮實的畫功），作品才進一步昇華。對他們來說，繪畫不是單單如實記錄的一回事。創造出來的不單只不比客觀的寫實描繪差，而且只有那樣做，才能超脫現實，也超脫平凡的境界。藝術文化修養，便不再限於提交藝術科功課，或者藝術商品買賣交易，而是一種生活態度，可用以警惕客觀現實是優是劣的思想陷阱，亦有助應接和想像出生命的種種可能。

從鋪頭到英特納雄耐爾

小時候住的地方沒有超級市場，滿是現在新潮地稱之為本土小店的鋪頭。以前不會特別地標籤你是本土還是非本土，也不會山頭林立地以政論商。鋪頭的老闆娘，很多都是外地人，帶著濃濃的口音，又不會特別產生他者、我者之別，賒數、月計是常事。小孩子經常漏帶硬幣——明天再付就好。在沒有手提電話的年代要向家中報到，經常要到鋪頭借電話，雖到鋪頭借電話時戰戰兢兢，卻從未試過借不到。彷彿大家有緣同在一個空間，便就屬於這裡。潮州婆、福建佬，沒褒沒貶，都可以是自己人。

那些說著都是往事了。

有時雜貨鋪會有不速之客衝進來，說著更外邊來的外語，便被半催半趕又半賣半送地打發走。社會心理學家做過一個有關偏見的「藍眼睛——棕眼睛實

驗」。老師給一班學生說棕眼睛的同學是更聰明、更好的人，並給予特權。棕眼睛的同學變得恃勢凌人，另一組藍眼睛的學生很快便出現功課變差、自尊心下降、情緒憂鬱的徵狀。之後老師說搞錯了，藍眼睛的同學才是更好的，行為方式就會顛倒過來。對自己所屬的群體帶有正面偏見，對他人帶負面偏見是種族中心主義（Ethnocentrism）。另外還有一個相關概念叫孤獨性敵視（Autistic Hostility），由「缺乏同另一群體的直接接觸」而導致。忽視了，就理解不了，彼此活在一地卻又安然處於各自的舒適圈中，無法評估對方所作的是否正確。

生存是一種本能，明白怎樣生存則是一種本領。小孩子沒太多想法，只是知道本地人對著洋人總是莫名其妙地恭敬，罕有又彆扭地熱情，咧著嘴地笑；洋人跟本地人交談時，說英語是合理期望，生活在本地多年的洋人不懂本地語是理所當然的。在這裡，不同種族的婚姻中幾乎清一色是外國男性配亞洲女性；女性被洋人強抱親吻，應欣然接受，沒有

人會荒謬地去報警，那無疑是太保守，無事生非，不懂文化差異。美其名國際主義的崇洋患者，說話時總夾雜不必要的英文；「嫁去外國」光宗耀祖，不過不用說，世界上沒有「娶到外國」那回事，彷彿本地女性都是可以輕易送來送去的貨物，而本地男性更就是次貨。還有各式各樣的國際學校、國際交流項目、國際視野，套上了國際標籤，還能不國際嗎？

他們是好人，建設本地，拿著我們的土地和資源，給我們作出貢獻，多麼合理，現在再聽來，如此熟悉。

又好像命名。取其姓，命其名，意義不是掛個名牌這麼簡單。很多亞洲人都替自己起了言不及義的英文名：Derek、Isa、Dick……那名字通常是沒甚麼獨一無二的意思，隨便起一個，又隨時按心情換另一個，都是無所謂的。事實上，就連有沒有都無所謂。在非英語系國家，別人只感奇怪，為何你有個根據莫名其妙的「起源故事」而改的英文名。那

跟本地語源扯不上關係的東西，是為著容易方便稱呼——方便的不是我們，而是不諳本地語的殖民者們。畢竟他們不管是操流利外語，還是不懂本地語，都是良好教養的象徵。

只聽容易入耳的話，到頭來做了容易入土的族群。

你沒有獨立思考嗎？埋葬了本名在哪裡？那母語寫成的名字有甚麼令你難堪？難道這樣做只為了讓他人容易稱呼自己？多麼自貶的概念。或者出於沒頭沒腦、細想會面紅耳赤的瑣碎原因，而要偽裝成彼得或露斯嗎？

著實是社會帶有強烈種族主義成分，才分出哪一批是自己人，亦自然代表有另一批是外來人。種族有異，正常不過。膚色有別，傳統文化有別，民俗信仰也有別，用不著煞有其事，也不用套上甚麼互相尊重之類的大道理。即使互相尊重，也不代表現實中一些人種不會受優待和崇拜，另一些不會備受歧視。真正意義上的政治正確，理應脫胎自大是大

非，再斟酌該種特定的文明，執著對錯。《心理學：當代學術入門》也有類似說法：「然而，建立在不公平之上的接觸，可能起到加強定型的作用。另外，因為不公平和對稀缺資源的競爭只會助長偏見的形成，所以，為減少偏見而進行的接觸應該建立在公平的基礎之上並鼓勵追求共同目標。」

大家本是平凡的地球居住者，恰好在命運下出生在一家，暫寄在一地，衍生出一些價值，又鄙視另一些價值。不用大行其道地忽視整幅歷史，不用覺得某種色調或美學觀就是當之無愧的正道，也不應該覺得另一種色調和生活方式就是低人一等。也別說他人喜歡怎樣生活是他人的事。不要忘記，社會變壞，正正就是由事不關己開始的。做人應當正觀，亦應活得有反應。自信自主自重，首先不要迷戀英特納雄耐爾至死。

「舊朋友聚會」

「過來坐先。」

「嗯？」

「別見外。這麼久沒見了，最近怎樣？」「都……都是老樣子。你呢？」「正在經營生意。這張是我卡片。有建築材料上的需要隨時找我。」「你們兩個圍著說甚麼？建築？我很少碰地盤生意的，你知道……西裝乾洗不便宜。」「你是否誤會了？他從事的不是裝修那回事，而是當大型建築材料批發商的老闆。」「是嗎？你應該早點說。我有個客戶在總商會工作，下星期我們會跟地產界去遊艇會啊，打高爾夫球，一起去嗎？」「幾點在哪兒……」

「他們一班人說要去遊艇會玩。」

「疊著聲都聊得下去。又拍著肩，知己似的，看來混得風生水起。我就沒怎樣去過那些地方。」

「做大生意的，怎會理會我們這幾個普通人？」

「這裡都不是人住的。有人要住板間房，又有人大魚大肉。」

「為甚麼會去遊艇會打高爾夫球？」

「電影人，怎麼突如其來地問這種哲學問題？最近怎樣？哈囉？又會看著空氣想東西這麼有趣。你們這些做藝術的人都是怪怪的。一場來到，想問一下，你們有沒有聽過……那誰現在怎樣？」

「甚麼那誰？」

「還用問嗎？全班人只有他的名字是兩個字的。」

「哦，你說……」

「噓！不要說人家的名。」

「他現在怎樣？」

「他社交媒體都沒更新了。」

「不是連帳戶也刪了嗎？」

「現在這年代，做那些事同乞丐無分別。」

「有分別──持牌乞丐。」

「你看我們好好地做到這年紀，至少是個經理。不用去做那種工作……」

「人有時都要踏實，要生活的。不是每一個人想法都跟你一樣。」

「不要說了。聊其他事好嗎？」

「為甚麼不能說？」

「嗯⋯⋯現在那誰做的那一行面對的⋯⋯」

「傷感情，講其他東西先。」

「那些人這樣對我們，我們現在連說都不能說？你們有沒有良心？」

「都說不要再講了。難得一班舊朋友⋯⋯」

「甚麼難得？我沒聽到。」

「甚麼舊朋友？」

「對，誰要跟這樣的人做朋友？你要約隨時都可以約。平時都不會約的見來做甚麼？炫耀嗎？還是交換卡片？」

「你們以前都不是這樣的。」

聽 河 篇

「說甚麼以前？以前還小，還未知道世界怎樣運作。」

「至少當時知道甚麼是對，甚麼是錯⋯⋯現在不是踢球，是踢人。」

「之後去哪裡？」

「不知道。」

「還換了全部球證，有否越位、犯規，全都他們說了算。」

「換著以前踢球時我們會怎樣？至少不會默不作聲。現在你們是怎麼了？為甚麼全變了？」

「在講甚麼？這個世界哪有這麼容易分得開黑和白？」

「我覺得很明顯，是你們當鴕鳥不去理而已。」

「甚麼不理？我們理不到。你理了又怎樣？難道要搞成那誰那樣子，有家歸不得才可以？我們不用餬口嗎？一家大小，你不吃，小的都要吃。」

「生活就這麼重要。餬口就這麼重要。你媽怎樣教你的？教成你這樣：一隻人生只剩下吃喝和待宰的豬。」

「你說甚麼？想打架嗎？」

「來啊！」

「冷靜點。不要……不要靠得這麼近！難得見面，大家都是朋友，只是這些年間，都在外面受了氣、受了苦而已。」

「受甚麼苦？不要覺得甚麼都跟你有關似的。不要這麼自作多情，一廂情願。這世界沒人在乎你在做甚麼。」

「他是說得難聽，但是說得沒錯，我們以前真的不是這樣的。」

「我覺得你們好像很陌生。好像從來沒看清過你們似的。」

「甚麼看不清，看不清就去配一副新眼鏡。」

「等一等……等等先……我好像真的不認識你。」

「我沒說過我認識你們。我只是見到門上寫著『舊朋友聚會』，還未搞清狀況，你便叫我『過來坐先』。」

「那是甚麼？有誰見到？有誰說過？」

「至少寫得很明白，舊朋友跟老朋友是兩回事。」

「不過也很懶，不去想一個好一點的名字。」

「那⋯⋯那剛才說的『那誰』、『那些事』⋯⋯你們剛才明明很懂似的。」

「唉，一整晚下來，連最基本的誰是誰都未搞清楚，都不知在吵嚷甚麼。」

「重要嗎？反正你們每個都差不多。只懂得講來講去。講就天下無敵，做就無能為力。」

「每個人都有自己不能說的付出，現在是講去中心化跟平等的年代。」

「出來走一兩次，就當自己是誰；你走得出來，就代表你不是誰了。」

「不明白你在說甚麼。」

「不想去想，不想去理，現在就走。」

「去哪裡？」

聽河篇

「不知道。」

「想叫車。麻煩有沒有人可以說我們在哪？」

「喂，你可以嗎？」

「不可以。」

「誰管這個鬼地方？總之一切好了才叫我回來。還乾坐著做甚麼？」

「慢著，都要有人收拾一下？電影人，你又看著空氣發呆？」

「你們看一下，右手邊背光走來的不就是那誰嗎⋯⋯」

在康河划船（上）

在劍橋，也許沒有比划船（Rowing）更具標誌性的運動了。這佔了我回憶的一個重要部分。大學有校隊，每年會跟牛津對決，在英國廣播公司（BBC）全國轉播。每一個書院也有其代表隊，參與書院間的比賽。學期初就會收到廣發的招攬電郵，加入後，首先會進行簡單的講解，之後很快便會開始訓練。有時正在訓練，會有人介紹稍為年長的教練，原來是奧運獎牌得主。

划船是團隊運動。一般開船，一隊共有九人。紀律非常重要，不得遲到或缺席，因緊密船期，錯過時段便不能出發。平時訓練，也不可能有多出來的後備成員，因為那後備成員可能永遠無法參與。一隊人之中，舵手（Cox）負責發號司令，槳手分成「Bow side」和「Stroke side」，分別在兩邊划。當中沒有太多個人表演的空間，必須要全隊一致地按著命

令，掌握節奏，才可以最快的速度前進。說來簡單，做起來卻很難。打雙打配合得再好，也會有合作失誤的時候。再想像一下兩隊人互拉繩索勁，現在你的隊友不是一同向後拉扯這麼簡單，而是大家各自有著發力的時間和方向，於是你們每人的力量不但不會簡單相加，還會互相抵消。稍一不慎，船隻不只會失控自轉、翻側，還有機會撞向旁邊停靠的船，惹得裡面的住客衝出來破口大罵。

曾參加過恆常練習，也有代表書院出戰室內划艇機比賽。由於沒有划艇的經驗和對獎牌的野心，先由這種小型比賽起步也是很合適的安排。於是開始了多月的早起挑戰。視乎康河的船期，一星期中有兩、三天要清晨四、五點起牀，是精神上的一大挑戰。在東京奧運期間，經常讀到運動員的訪問。他們講及訓練內容以及長期清晨開始集訓。即使相比起來微不足道，還是頗有共鳴。

可能因為在不少地區都算不上是大眾運動，參與划船的華人學生屬於很少數，會參與的又大多是本科

生。通常言談中提起時，令他們驚訝的點有二：一，想不到比較斯文、平時話題離不開文藝和理論的人也有好動的一面。二，佩服能在這間大學異常繁重及高要求的事務當中，堅持得到早起牀。第二點來說，現在想起是有點勉強的。有時東西寫到一半，不能貿然放棄靈感，寫著寫著就是半夜兩、三點，之後五點就要起牀，感覺人是輕飄飄的，其實有點危險。只是年青，用不上多大的意志還是能拖得動身體過輪，要是現在重來的話，半分信心都沒有。

說起前者有何有趣的地方，倒發現自己對志業的忠誠，行事的出發點十分清晰。運動無非也是為了做學問。多次強調，做學問不同於搞研究。前者是對生命、真理的追求，後者為的只是五斗米，無主張亦無貢獻。進行深入思考的首要條件，是打理靈魂之所，免於生鏽，亦即打理肉身。靈魂不是不需要載體的。負重，方能前行。

在康河划船（下）

即使氣溫有時只有幾度甚或零下幾度，也要在夾雜爽利和孤單的清晨時分，硬著頭皮出發。開門時路上一個人都沒有。首先要橫過位於劍橋市中心的帕克草坪（Parker's Piece）。十九世紀，劍橋大學學生在這裡舉行足球比賽，玩法和規則影響了現代足球規則的發展。經過方方正正的草地費時，故橫越多於繞行。清晨的霧氣在四周房子的古舊氛圍中流轉。走過草坪，像走過時代。

要到達書院船舍（雅譯自「Boathouse」），基本上會經過三個市中心的草坪公園。帕克草坪之後，一路往東北偏北去，便是基督草坪（Christ's Piece）中的一小塊。路上幾十米之外是平價生活用品店Wilko和Poundland，左邊是基督草坪，右邊是一間浸信會教堂。有一次在這裡遇見朋友正貼牆而行，現在想來，他沿著的就是這條宗教與世俗的虛線。

無獨有偶，那條路正叫做「Fair Street」，可解市集、墟市街，亦可草率地指公正道。天氣是公平的，陣陣寒風竄入公正道，也竄入風衣。沒有甚麼解決方法，依然要往前走。

接下來眼前是仲夏公園（Midsummer Common）。帕克草坪確是草坪；基督公園雖譯為公園，卻不比「草坪」貼切。唯獨仲夏公園中的「Common」本指公共的、共同擁有、使用的地方，多作休憩用途，正是「公園」。公園沿河，視野開闊，對岸就是多數書院船舍坐落之地。每到夏季，這裡會舉行盛大的仲夏公園市集，平時空曠的草地上放了一台台大型機動遊戲，也有小食攤檔，好不熱鬧。

跨過那一人之闊的黑色鐵橋，再拐個彎就到船舍。視線所及，裡面放置了大約二十來艘船。有些架在高架上，要一班人一同小心拿取。船身狹窄，為免阻礙活動，不好穿厚重的衣服。為了這些課堂，特別購置了一條跑步的貼身褲，也穿上 Fred Perry 的日本版黑色運動外套（Tracksuit Jacket）——總不能

輕易接受英國版的豪邁剪裁及過分人造的質料。這一件的特點是腰間及手腕有合適的橡筋防止冷風捲入，不會過緊或過鬆，背後有用來通風的透氣口，頸邊的高領口隨時拉上以保暖，配雙向的拉鍊。少許的衣著講究在一眾（捱著呵欠早起的）學生中不常見，有時教練會直接「以物取人」，將我叫成「穿 Fred Perry 的那位男生」。

在安排好的時間下水，不朝嘆息橋那邊的遊客區出發，而是一路往東北去。如果有人一直划，會划到另一中古城市伊利（Ely）去。當地有座大教堂，宏偉非常，路經的話請君務必前往觀賞。

划船基本上是一種群體協作的冥想活動。不斷重複的動作中，腦袋集中的只是每一槳的動作，整個人抑後、拉槳、伸手放鬆、向前到盡，再來循環。每一次都要把握好時間，將身體用好，也盡量讓槳能撥動更多的河水。有時要配合舵手的命令，橫放或斜放船槳，劃破水面，控制速度。以前讀中學時，足球場有十幾場大小球賽同時進行，訓練出聽球躲

避的習慣。划船日久，漸漸地也養成了聆聽河水的習慣，縱不高深，但樂在其中。

慢慢，慢慢，兩岸人聲車聲都不再重要，日出也溫暖了冰冷的手腳，逐漸熟練的手法減少了初時的誠惶誠恐。灰色的宇宙中，墨綠的河牀上，只有人和自己的心跳節奏，聽河聽水，也聽到內心在划好一下再一下時的雀躍。只有在划船時，才會連暈船症也忽略掉，換上簡樸的心情，看鄉間環抱，為每一個小成功和讚賞而高興。可惜這一刻人已離開康河，離開康市；可幸那種愉快停留在垂柳內，隨著垂柳擺動，回到回憶內的碼頭停靠。原來劃破的不只水面，也有白天與仲夏夢。穿回外套，腦內奏出青春歌謠，望著暖水寫下最後這一句。

聽 河 篇

麥田・烏鴉・歐韋爾

聊勝於無，有或沒有些甚麼，才可攀藤接技。承前文《拾穗者》，在人煙與空曠這一方面上，可跟梵高麥田畫並賞。另文也提過梵高的《麥田與柏樹》（Wheat Field with Cypresses）及他對《拾穗者》的模仿。這些小觀點看來還是有不少想法應該發展下去。這樣說下去當然不是在比較畫的高低，而是顯出主題之異。

畫中有沒有人自然是一大分別。《拾穗者》將舊年代的城市、貴族主題轉移到以往很多畫家視而不見或充當配角的階層上，田野上的勞動者成為了主體。梵高的風景畫《麥田與烏鴉》（Wheat Field with Crows），則將主題從地上的現世，轉移到天上去。如果留意兩幅畫的用色，便會發現《拾穗者》將重量放到畫的中下方，下半用色較深，令觀賞者的視線停留在那兒；《麥田與烏鴉》則是用上沉重

的藍色畫上空。雖然兩幅畫中畫面佔較大比例的同樣是田地，用色亦不是「差天共地」，卻是一幅看地，另一幅看天，亦不忘地。梵高想表達的，透過深藍與黑色的天，以及在天地間飛的烏鴉說得很清楚。

此畫在瓦茲河畔的歐韋爾（Auvers-sur-Oise）畫成，日期則為梵高死前幾天。他在一八九零年七月自殺。信件研究顯示，該月上旬他曾到訪弟弟堤奧（Theodorus van Gogh）與伴侶在巴黎的家，並且對存放自己畫作的房間有些微言。梵高在巴黎期間曾跟另一後印象派畫家土魯斯·羅特列克（Toulouse-Lautrec）用午膳，並一同開懷大笑。此行中他也見到了羅特列克的畫作《鋼琴前的迪夫人》（Mademoiselle Dihau au piano），並稱之為驚人，為之所動。然而這快樂的小插曲不能掩飾梵高的狀態，其弟婦兼書信翻譯者祖安娜（Johanna van Gogh-Bonger）稱其過勞及繃緊（Overfatigued and Overwrought），事後表露歉意，表示她在梵高到訪時著實可以表現得更仁慈和有耐性。

以下的梵高書信 CL:649 號顯示出他的心理狀態：「我們同感自己的存在是脆弱的⋯⋯一回來我便繼續展開工作，畫筆卻幾乎從手中滑下去。我清楚我想要甚麼，自此畫了另外三幅大油畫，勾畫了洶湧天空下無邊無際的麥田，著力嘗試去表達哀傷——極度的孤寂。但願你很快會見到。我希望盡快帶它們到巴黎給你，是因為我深感這些油畫能告訴你那些我不能言喻的，我認為是有關郊外茁壯和振奮的東西。」（...and I made a point of trying to express sadness, extreme loneliness.You'll see this soon, I hope-for I hope to bring them to you in Paris as soon as possible, since I'd almost believe that these canvases will tell you what I can't say in words, what I consider healthy and fortifying about the countryside.）

他對打擾弟弟家感到不好意思，亦感自己的生命脆弱。那時他還未有自殺的念頭，期待將畫作一如以往地跟弟弟分享。不過他無比的孤寂，已經表露無遺。

歐韋爾是一個沿著瓦茲河的非常小的城市。市中心

幾分鐘便可走完，店鋪也是屈指可數。從巴黎出發，往西北部去，途中會經過這一帶。當中一個稍大的城市是蓬圖瓦茲（Pontoise），是以前巴黎到盧昂（Rouen）的必經之地，亦因此繁華起來。從蓬圖瓦茲到歐韋爾，沿途有很多印象派畫家比沙羅（Camille Pissaro）描繪瓦茲河一帶的畫作。在一個個作畫點旁，豎了印上畫作的鐵展板。如果要看到梵高的畫則要去到歐韋爾市內，有他畫的著名市政廳和教堂畫作。教堂本是堅硬的大石建成，但在柔軟的筆掃下，化成扭曲的宗教場所。

一路往山坡上走，人煙開始愈來愈少。是風？還是愈益稀薄的空氣？感激不方便的交通，遊人不似巴黎般多，幾乎是獨遊。走上來時見到一個墳場，推開內進，走到邊上，便是兩兄弟的墓。外面就是梵高的自殺地。弟弟患有腦膜炎，在梵高死後幾個月也跟著離世了。他因無條件在精神和物質上支持哥哥創作而聞名，他們夫婦卻到最後都還是難以跟梵高溝通。以現在的標準看來，這種兄弟關係是一個有特殊教育需要的家庭中常見的特徵，而後世亦有

人認為梵高有精神分裂症和焦慮症等等的症狀。不管如何，他最後還是極度孤單至死。

回憶盡處，直行直過。踏出墳地，面朝麥田的三岔路，正是《麥田與烏鴉》所畫之處。幻想現實成畫，空氣從指間流過，油彩如凌空的河流低飛歸位，混和著詭異和哀愁，組成麥粒和樹影。畫家往帆布塗抹幾片雲霞，在前景指壓出搖晃的麥坡，補上幾筆俯瞰人間的烏鴉，繪畫成一片風光，攝成一張張精神掃描。沒有甚麼，不算甚麼，還是沒有甚麼不算甚麼？只知那些甚麼穿過胸膛，穿過山徑，有如點香焚煙，灰燼逐分殞落。

關於這本書，我想講……

編寫這本散文集無非是「我想講」些甚麼，分享一下比較輕鬆自在的課題及生活上的事。也許讀者搜尋關於我的資料時，會覺得我是以寫論述起家——多次強調該些書是被嚴重誤讀的，猶幸未被嚴重低估；也許會在僅有而大多不準確的資料中，一錘定音我是一個甚麼人，譬如見過有主流媒體誤會我是台灣作家，又譬如網上不少沒了解過甚至沒讀過便下的極端正反面評語。

我手寫我心，我想寫的當然是我想說的正事與瑣事、光明跟陰鬱。強調：是「我想說」甚麼。有時，我想說的你未必想聽，只是我想你應該感興趣，也應該會有點啟發，有點得著；我想說的你未必想說，但我替你分憂直說；我不想說的沒有誰能勉強，強說是一種文人風骨。讀完之後再來標籤也不遲。

對於未了解我的讀者，我想說，我人沒甚麼特別，一雙手一雙腳，一副五官，一副平凡無奇的身軀。只有臉上和腦內比較精緻，而前者我不會說太多，後者我會說不少（為免炫耀前者）。

又，或許很多人都不知道，我是從寫散文開始的。第一篇公開發表的文章寫於剛在劍橋從事研究的時期，大概就是二零一五至一六年左右。當時沒甚麼想法，更沒有想之後會寫論述、小說、散文集。做學問有時是很苦悶的，在英國如果認真埋首工作而不常光顧酒吧，生活也是很苦悶的。寫文章純粹就是某一天刷牙時對著鏡子，冒出突如其來的想法：「不如寫吓文章？」

有看電影的人都會知道「不如」這兩個字是害人不淺的。梁朝偉在《春光乍洩》中就是被張國榮經典的「不如我哋由頭嚟過」害到雞毛鴨血。「不如寫吓」，開始了作家路，也斷了富貴橋。幸好獲得諾貝爾文學獎的概率，由零，變成無限接近但總算大於零。

千里之行始於足下。寫與不寫或者做與不做，是人生到頭來是否一場空的區別。

寫了，放在文件夾，一放就是一年半載。懶洋洋地寫，「咩都講吓」。莫名其妙又莫名榮幸地被邀做博客，沒寫幾篇又莫名其妙莫名榮幸地被邀稿寫書，驚覺是這麼一回事。後來文章因故佚失，才驚覺無比平常地寫寫字，在這個年代原來是這樣的。

說到這裡，硬銷一下。這本書內收錄的既有文章，不管有否社會性、香港味，都已在網上消失，也在世界上消失，你看的每一字都是洗刷後的珍貴時代見證。我沒有意見領袖似是而非的水晶球，不過新寫的文章具閒情逸致，以往的文章經去蕪存菁和重新修訂後亦更具觀賞和收藏價值，不買書的話會錯過很多。我不確保我想寫的全部都是你想讀的，至少我呈現出的是能力範圍內最好的、認為你會喜歡的東西，有畫有雕塑有文藝有電影也有輕鬆的、認真的隨想，還有貓……我當然想長寫長有，做不做到一季一會，便需要你繼續支持了。

聽河篇

聽我想說的，你未必會馬上感到生命的靜好和暖或者宇宙真諦，但至少可以逃離現實片刻，而這片刻會化成現實，構成幸福的閱讀體驗，拈頁著眼，拈著日常，就在光照散落時。

（小）　　　　（離）　　　　（敍）

作者	林慎
編輯	Annie Wong、Sonia Leung、Tanlui
實習編輯	馬柔
校對	Iris Li
美術總監	Rogerger Ng
封面設計	Rogerger Ng
書籍設計	Tony

出版	白卷出版有限公司
	新界葵涌大圓街 11-13 號
	同珍工業大廈 B 座 16 樓 8 室
網址	www.whitepaper.com.hk
電郵	email@whitepaper.com.hk

發行	泛華發行代理有限公司
電郵	gccd@singtaonewscorp.com

承印	栢加工作室

版次	2022 年 6 月 初版
ISBN	978-988-74870-7-4